이국자 장편소설

# 콜롬비아 아리랑

도서출판 이유

이국자 장편소설

# 콜롬비아 아리랑

ⓒ 이국자, 2008

**지은이** | 이국자
**펴낸이** | 김래수

**초판 인쇄** | 2008년 9월 5일
**초판 발행** | 2008년 9월 10일

**기획** | 정숙미
**편집** | 김익제
**디자인** | 정수빈
**마케팅** | 김남용

**펴낸 곳** | 도서출판 이유

**주소** | 서울특별시 동작구 상도1동 780-2 종현빌딩 3층
**전화** | 02-812-7217    **팩스** | 02-812-7218
**E-mail** | eupub@hanafos.com
**출판등록** | 2000. 1. 4 제20-358호

ISBN   978-89-89703-86-0 03810

# 콜롬비아 아리랑

## 이국자 장편소설

기억을 담은 눈빛은
추억을 더듬고,

그 눈빛엔 많은
이야기가 담겨 있다!

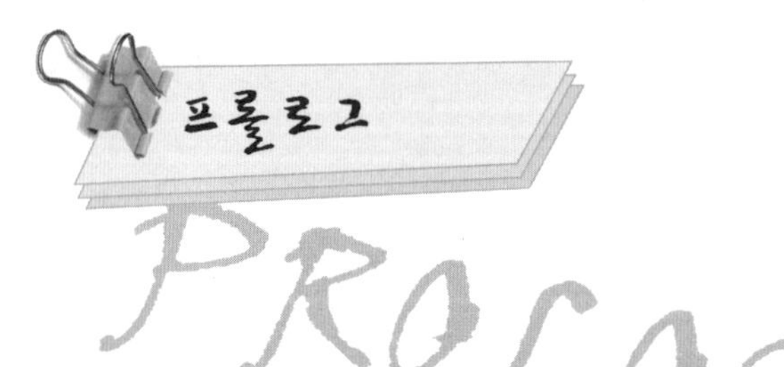


1997년 11월 21일, 우리나라는 IMF(국제통화기금)의 강력한 경제개혁 요구들을 받아들이는 조건 아래 그것을 수용한다는 발표를 했고, 그에 따른 국민들의 놀라움도 컸다.

그 일이 일어난 지 2년 후인 1999년 신년에 계간문예지인 『시대문학』지로부터 내게 장편소설을 연재하지 않겠느냐는 제의가 들어왔다.

그 무렵 나는 중남미의 콜롬비아를 무대로 기구한 운명 속에 그곳으로 가게 된 한국 전쟁고아 이야기를 써볼까 생각하던 중이었다. 미처 자료 준비도 하지 못한 채, 연재에 들어갔다.

나는 콜롬비아에 대한 지식이 전혀 없었다.

우선, 1회에는 소설의 중요 인물인 태권도 사범, 최기원이 고국에 돌아오는 것으로부터 이야기가 시작되는 것으로 써서 잡지사에 원고를 넘겼다.

그러나 그 다음 2회가 문제였다. 교보문고에 가서 콜롬비아에 관한 자료를 찾아보았으나 지극히 상식적인 것밖에 없었다.

2회 첫 장면은 콜롬비아에 도착해서 일어나는 이야기인데, 세계지도를 펼쳐 놓고 콜롬비아 지도를 보며 상상해서 써 내려갔다.

PROLOGUE

겨우 2회 원고를 넘기고서 나는 콜롬비아로 떠날 준비를 했다. 위험하다고 말리는 가족들의 만류에도 불구하고 1999년 11월 5일, 아는 사람 하나 없는 콜롬비아의 수도, 보고타에 도착했다. 코디를 맡아주신 현지의 양삼일 선생만을 믿고 머나먼 곳, 콜롬비아까지 날아간 것이다.

비록 IMF의 위기를 맞긴 했지만, 당시 우리나라는 중산층이 있는 나라라고 생각했다.

그러나 콜롬비아에 도착한 나는 으스스 몸에 전율이 느껴졌다.

1970년대만 해도 콜롬비아는 우리나라보다 경제가 좋은 나라였다. 그러나 1999년의 콜롬비아는 풍부한 지하자원이 많이 매장되어 있는 축복된 나라임에도 불구하고, 5퍼센트에 불과한 극상류층(주로 스페인계의 백인들)과 95퍼센트의 국민이라기보다는 차라리 빈민에 가까운 사람들이 있을 뿐이었다.

그야말로 극심한 양극화 현상이었다.

나는 어쩌면 우리나라도 곧 이러한 현상이 오지 않을까 하는 두려움이 일었다.

이러한 극심한 양극화 현상은 정부가 소수의 기득권(재벌)에 편중된 경제정책으로 일관했기 때문인 것 같았다.

국가가 이런 현상이 되니 콜롬비아에서는 자생적인 게릴라 당이 우후죽순으로 생겨났고, 치안이 마비되어 일부 재벌들과 고위 정치가들은 개인 사병들을 몇십 명씩 두고도 불안하게 살며, 일반 국민들은 인간으로서의 최소한의 품위도 유지하지 못한 채, 근근이 살아가고 있었다.

그런 그들은 그러나 숙명처럼 가난을 받아들이고 있었다.


지도자를 잘못 만나면 국민들이 어떻게 고생하는지를 1999년의 콜롬비아에서 나는 똑똑히 보았다.

내가 예감했던 대로, 현재 우리나라는 중산층이 거의 없어지고 빈자와 부자의 양극화 현상이 극심해져 있다.

세계화라는 명분으로 일부 대재벌에 편중된 경제정책으로 야기된 양극화 현상인 것이다. 1999년 콜롬비아에서 있었던 일들이 이제 우리의 현실이 되었다.

나는 우리의 사회가, 현실이, 두렵다.


나는 이 장편소설이 끝날 때까지 내가 만들어 낸 인물인 홍석과 사랑을 했다. 어떻게 보면 홍석은 굉장히 가엾은 사람이라고 생각할 수도 있으나, 나는 그렇게 생각하지 않는다.

왜냐하면 홍석은 자신의 생각을 행동으로 옮길 수 있는 의지와

PROLOGUE

용기가 있는 사내이기 때문이다.

나는 콜롬비아 취재에서 나초라는 보석을 찾았다. 나초는 정말
내 마음에 드는 인물이었다. 부자이면서도 교만하지 않고 철저하
게 자기 일에 충실하며 정당한 곳에 돈을 쓸 줄 아는 아주 건강한
부자였다.

또한 나는 사신의 개인적인 욕심을 버린 홍석을 사랑하어 물심
양면으로 홍석의 게릴라 당을 도와주는 에메랄드 광산주, 나초와
태권도 사범 최기원. 홍석을 사랑한 레스토랑 〈비원〉의 여주인 진
숙과 동지인 소니야. 그들이 엮어내는 인간적인 신의와 사랑, 그
리고 정의를 그리려고 했으나, 독자들에게 과연 어느 정도의 공감
을 얻을 수 있을런지, 나는 두렵다.

2008년 8월, 양평 동오리에서

이 숙 자

이국자 장편소설

# 콜롬비아 아리랑

## :+:+:+: 차 례 :+:+:+:



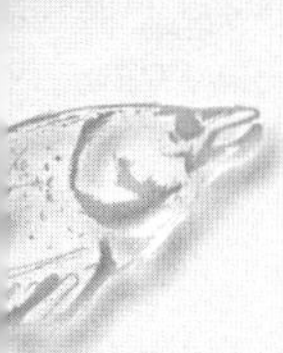
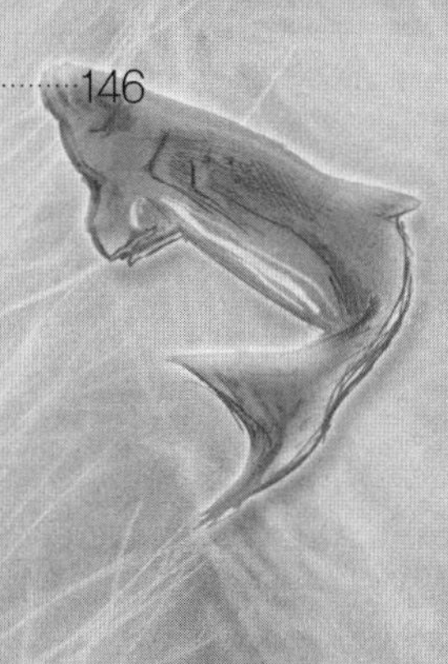

ⓒ 이원형

# 콜롬비아 아리랑

이륙한다는 기내방송과 함께 앞자리에 앉은 그녀는 안전 벨트를 매고 있었다. 그녀의 옆자리에 40대 중반쯤으로 보이는 사내가 고개를 약간 숙이며 예의를 표시하고는 자리에 앉았다. 별로 크지 않은 키에 다부진 체격이었다.

언뜻 한두 번쯤은 봤음직한 얼굴이었다.

'어디서 봤던 사람일까……?'

눈빛이 몹시 날카로워 보였다.

'직업이 뭘까?'

그녀는 본능적으로 직업의식이 발동했으나 무척 피곤해서 눈을 감았다. 간밤에 한숨도 눈을 붙이지 못한 탓이었다. 사내의 눈빛이 날카롭다고 생각하며, 그녀는 잠 속으로 빠져들었다.

기내의 희미한 조명 아래, 곁에 앉은 여인은 천진하게 잠을 자고 있었다. 사내는 잠을 자고 있는 그녀를 바라보았다. 크림색 투

피스 차림의 여인은 무척 지적인 분위기였다. 낯이 익었다.

'어디서 봤을까……?'

사내는 기억을 더듬었다.

기적을 울리며 달리는 야간열차 안의 희미한 불빛 아래에서 기차에 흔들리며 졸고 있는 여대생의 모습이, 곁에 있는 여인의 모습 위에 겹쳐졌다.

1970년, 몹시 추운 겨울이었다.

대학시험을 치르러고 서울행 야간열차에 몸을 실었다. 남도의 끝자락에 살고 있던 소년은 막막한 심정으로 서울행 열차를 탔다. 소년이 앉아 있는 옆자리에 여대생이 앉아 있었다. 서울에 있는 대학 배지를 단 그녀의 세련된 모습에 소년은 더욱 주눅이 들었다. 그녀는 피곤한지, 지그시 눈을 감고 있었다.

소년은 그녀에게 말을 건네고 싶었으나, 입술만 바작바작 타고 말이 잘 나오지 않았다. 겨우 용기를 내어 그가 물었다.

"어디까지 가십니까?"

"서울이요."

그녀는 소년을 돌아보며 미소를 지었다.

"그럼 고향에 다녀가시는 길입니까?"

"아니요. 친구 아버님께서 갑자기 돌아가셔서 조문하러 왔다가 돌아가는 길인데, 호남선은 처음이에요."

"아, 네."

그녀는 무척 지적이고 단정해 보였다. 소년은 더이상 그녀에게 말을 건넬 수가 없었다. 그녀는 지나가는 홍익판매원에게 실주머니 속에 세 개씩 넣어져 있는 노오란 귤(그 당시엔 귤이 몹시 귀할 때였다.)을 한 줄 사서는 소년에게 한 개를 권했다. 그녀가 건네준 귤을 까서 한 조각을 입안에 넣었다. 새콤달콤한 맛이 입안에 녹아들었다. 처음 먹어본 맛이었다. 귤 맛처럼, 소년에게 그녀는 아득한 곳에 있었다.

그때부터 소년은 그녀에게 눈이 멀었다. 그녀는 냉정해 보였지만, 어머니 없이 자란 소년에게 모정(母情)을 느끼게 해주었다.

밤 열차는 기적 소리를 울리며 북으로 달려가고 있었다.

차렷 자세로 어렵게 앉아 있는 소년의 어깨에 따뜻한 무게가 실려왔다. 그녀가 소년의 어깨에 머리를 기대며 졸고 있었다. 혹시나 그녀가 깰까 봐, 소년은 몇 시간 동안이나 몸을 움직이지 않고 그대로 앉아 있었다. 소년의 오른쪽 어깨에 느껴지는 따스한 그녀의 체취가 금방이라도 사라질 것 같은 두려움에 소년은 어깨에 쥐가 나는 것도 모른 채 그대로 있었다.

기차의 진동을 느꼈는지 그녀가 눈을 뜨더니, 소년의 어깨에 자신이 기대어 있었다는 것을 알고는 몹시 당황해 했다.


사내는 곁에서 자고 있는 여인이 30여 년 전의 그녀라는 생각이 들었다. 사내의 가슴은 쿵쾅거리며 뛰기 시작했다.

그녀는 너무 피곤해서 깜박 졸았다가 진한 커피 향기에 눈을 떴다. 스튜어디스들이 차를 서비스하고 있었다. 그녀는 옆으로 눈을 돌렸다. 사내의 날카로운 눈빛과 마주쳤다. 자고 있는 동안 줄곧 그녀를 보고 있었는지, 그가 웃었다.

"뭘 드시겠습니까?"

"커피요."

그도 커피를 주문했다. 그녀는 괜히 민망해서 커피잔에 시선을 두며 커피를 한 모금씩 마셨다. 정신이 났다.

"어느 대학에 나가십니까?"

"네……?"

"어느 대학에 나가시는지……?"

그가 묻고 있었다.

"아, 네. 전 대학교수가 아닌데요. 그러시는 선생님은 뭘 하시는 분이세요?"

그녀는 귀찮게 말을 건네는 그가 약간 불쾌하다는 어투로 그에게 되물었다.

그는 윗옷 주머니에서 명함을 꺼내 그녀에게 내밀었다.

'민족대학 태권도학과 교수, 최기원.'

"최기원……?"

그녀는 고개를 갸웃거렸다. 어디서 들어본 듯했으나, 얼른 생각이 나질 않았다.

그녀는 그동안 만났던 사람들을 머릿속에 주욱 늘어놓아 보았으나, 태권도 교수라는 이 사내는 처음이었다. 머리를 갸웃거리는 그녀를 탐색하듯 바라보는 그의 눈빛과 마주쳤다. 그녀는 기분이 나빴다.

그녀는 명함을 보며 약간 비아냥거리듯 말했다.

“아, 태권도 사범이시군요.”

그녀의 약간 무례한 말투에도, 그의 날카로운 눈은 여전히 웃고 있었다. 그녀는 자신이, 초면인 그에게 무례하게 대하는 이유를 알았다. 그 눈빛 때문이었다. 그녀는 눈빛이 날카로운 사람을 경계하는 습관이 있었다.

“직업은 경호입니다.”

그는 낮은 목소리로 말했다.

“네……?”

갑자기 그녀는 사내의 그 말에 흥미가 생기기 시작했다.

“경호라면, 국내에서 하십니까?”

검은 양복에 검은 선글라스를 끼고 권총을 들고 대통령이 탄 리무진을 경호하는 그림을 떠올렸다.

“아닙니다.”

“그럼요……?”

조금 전과는 다르게 본능적으로 그녀의 탐색이 시작되었다. 눈빛이 날카로웠으나 어쩐지 수사관의 눈빛은 아니라는 생각이 들었다. 싸늘하면서도 맑은 눈빛. 그녀는 비로소 이해가 되었다.

“외국에서요. 주로 콜롬비아에서 했습니다.”

“그래요? 국내에서는 왜……?”

그녀는 이제 잠이 확 달아나고 본능적으로 직업의식이 온몸의 신경을 긴장시켰다.

“우리나라에서 하면 비즈니스로 끝나는 것이 아니고, 완전히 한 발이 빠지는데, 외국은 계약기간이 끝나면 관계가 깨끗하게 끝나

거든요."

그녀는 고개를 끄덕였다.

"경호에서 가장 중요한 것이 뭐예요?"

"첫번째는 흐름을 빨리 파악해야 돼요. 그리고 두 번째는 나를 나타내지 않는 것이고, 세 번째는 의뢰인의 몸과 내 몸을 동일시하는 겁니다."

그녀는 고개를 끄덕였다. 잘 모르지만, 정답 같았다.

그는 낮은 목소리로 말했다.

"서는 태권도를 배워서 혜택을 많이 입은 사람으로, 태권도를 예술의 경지로 끌어올리고 싶습니다."

"흐름을 빨리 파악하신다고 하셨는데, 그럼 사람도 잘 파악하시겠네요?"

"물론이죠. 반 점쟁입니다."

"저는요……?"

"분위기가 무척 좋습니다. 그래서 대학에 나가시는 줄 알았습니다. 혹시, 작가분이나 기자 아니십니까?"

그녀는 그의 날카로운 관찰력에 놀랐지만, 그냥 미소만 지을 뿐이었다.


김포공항에 도착했다는 기내방송과 함께 그들의 대화도 그것으로 끝이 났다.

"광주에 오시면 꼭 한번 연락을 주십시오. 저희 학교를 보여드리겠습니다."

그녀는 고개를 약간 숙이며 인사를 하고는 김포공항을 빠져나왔다. 꼭 한 번 다시 만나봐야 되겠다고 생각을 하며……. 그에겐 많은 이야기가 있을 것 같았다. 콜롬비아, 경호, 태권도……, 그녀에게는 생소하면서도 호기심이 가는 단어들이었다.

사내는 실망하며 공항을 빠져나왔다. 꼭 그녀 같았는데……. 자신이 명함을 건네고, 태권도를 한다고 얘기를 했는데도 그녀는 그를 잘 모르는 것 같았다. 어쩌면 그녀가 아닐지도 모른다. 그러나 30여 년이 지났지만, 분위기는 꼭 그녀 같았다.

그를 콜롬비아로 가게 만든 여인, 정선혜.


그는 서울에 있는 대학시험에 떨어지고 광주에 있는 대학에 2차로 합격했다. 그러나 기차 안의 여대생을 잊지 못했다. 그녀의 나이는 그보다 두세 살 정도 위였으나, 그는 그 여대생으로부터 얼굴도 모르는 어머니를 느꼈다.

어머니는 그가 세 살 때 돌아가셨다. 아버지랑 신혼 때 찍은 낡고 작은 흑백사진 한 장만을 그에게 남겨 놓고 이승을 떠나셨다. 서산에 해가 지고 온 마을이 산 그림자로 덮일 때쯤이면 그는 눈물이 났다. 얼굴도 모르는 엄마의 품이 그리웠다.

학교 선생님이셨던 아버지는 그가 여섯 살 때 주위의 권유로 새엄마를 맞이하셨다. 그는 어린 나이였지만 새엄마와 함께 살기가 싫었다. 그래서 그는 집에서 얼마 떨어지지 않은 할아버지 댁에서 자랐다.

"오메 내 새끼, 오메 내 새끼……."를 염불처럼 외고 다니실 정도로 할아버지, 할머니의 그에 대한 사랑은 끔찍했으나, 그의 마음속은 늘 허전했었다.

그는 그녀를 만나려고 그녀가 다니는 학교 정문 앞에서 몇 날 며칠을 기다리다 겨우 그녀를 만났다. 학교 앞 다방에 마주 앉은 그녀는, 마치 철없는 동생을 나무라듯 쌀쌀맞게 말했다.

"남자가 그렇게 할 일이 없어요? 지방대학이라도 합격했으면 열심히 공부를 하든지, 운동을 하든지, 아니면 장래를 계획하는 일을 해야 되는 거 아녜요? 이제 겨우 입학한 신입생 주제에 여학생 꽁무니만 쫓아다니게. 학생 보기에 내가 그렇게 우습게 보여요? 나는 할 일이 많은 사람이야. 앞으로 어떤 일을 어떻게 하면서 살아가느냐 하는 생각만으로도 머리가 터질 지경이야. 남자 따위 관심도 없어. 더더구나 학생 같은 남자는 말야. 그러니까 시간 낭비하지 말고 내려가서 자신의 인생을 살아요. 그리고 앞으로 나, 찾아오지 말아요. 이젠 안 만나줄 테니까……."

그녀는 빠르게 말하고 휙 일어나 카운터에서 커피 값을 지불하고는 뒤도 돌아보지 않고 높은 하이힐 소리를 내며 사라졌다. 그는 그 자리에서 그대로 땅속으로 꺼져 버렸으면 싶은 심한 모욕감을 느꼈다.

그녀가 보고 싶어서, 한 번만이라도 얼굴을 보면 살 것 같아서 서울행 열차를 타고 올라와 친구네 하숙집에서 새우잠을 자며 그녀를 만난 거였는데…….


'남자가 그렇게 할 일이 없어요? 공부를 하든, 운동을 하든, 아무튼 장래를 계획하는 일을 해야 되는 거 아녜요? 이제 겨우 입학한 신입생 주제에 여자 꽁무니만 쫓아다니게. 내가 그렇게 우습게 보여요?'

그녀가 뱉어 놓고 간 말들이 가시가 되어 그의 가슴을 찔러댔다. 그는 몽둥이로 머리를 세게 한 대 얻어맞은 것 같았다. 그는 피가 나도록 입술을 깨물었다. 그리고 그는 다짐했다. 앞으로 여자 따윈 절대로 생각하지 않겠노라고……

그는 그날의 모욕을 잊을 수가 없었다. 그날 이후, 그는 학교로 돌아가서 아침부터 밤늦게까지 태권도만 했다. 아무 생각도 하지 않기로 했다. 그는 대학 4년 동안 친구들이 흔히 하는 미팅 한 번 하지 않았다.

그에게 그녀의 말은 큰 충격이었다. 한겨울보다도 더 쌀쌀했던 이른 봄, 서울에서 받았던 그 굴욕감을 그는 잊지 못했다. 그래서 그는 가능하면 서울 쪽으로는 머리조차 돌리지 않으려 했다.

군복무 후 대학을 졸업한 그 이듬해, 국가에서 실시하는 해외사범 시험에 1등으로 합격했다. 그는 즉시 콜롬비아로 파견되었다. 그가 떠나는 날, 김포공항에 할아버지와 아버지가 환송하러 나오셨다. 떠나는 장손을 배웅하러 남도의 맨끝 땅에서 서울 김포공항까지 올라오신 할아버지. 어미 없이 당신 손에서 자란, 말없이 집 앞 느티나무를 상대로 운동만 하던 손주의 손을 잡은 갈퀴 같은 할아버지의 손이 떨렸다.

"몸 건강허고. 아무 데나 가도 몸만 건강허면 되야. 니는 밑천이 몸뚱아리밖에 더 있냐……?"

할아버지는 얼른 돌아서며 떨리는 손으로 주머니에서 담배를 꺼내 입에 무셨다. 아버지는 아들의 얼굴을 뚫어지게 쳐다보셨다. 자신의 키보다 한 뼘이나 더 큰 아들, 양어깨가 딱 벌어진 아들을 바라보며 아버지의 목젖에서 꿀꺽 하고 소리가 났다. 끓어오르는 감정을 억제하려고 애쓰시는 모습이었다.

'불쌍한 내 새끼. 에미 얼굴도 모르고 계모 눈치 때문에 부자간에 따뜻한 밥상 한번 편안하게 못 받아먹고……. 이제 가면 언제 만날지도 모르는, 멀고 먼 콜롬비아라는 나라로 떠나는 내 아들.'

아버지는 세계지도를 펼쳐 놓고 아들이 떠나는 콜롬비아라는 나라를 찾아보았었다.

우리나라, 대한민국이란 나라는 아시아에서도 아주 작은 나라로 아시아 대륙 한 끝을 잡고 동해에 빠지지 않으려고 대롱대롱 매달려 있었다. 콜롬비아는 이 작은 한국이라는 나라에서 태평양을 건너 미국이라는 거대한 나라를 지나고 멕시코를 지나서 카리브 해에 있는 남아메리카 중남미에 있는 나라였다.

아버지는 생각했다.

'어쩌면 다시는 돌아올 수 없는 길을 떠나는 것이 아닌가?'

아버지의 눈이 벌겋게 충혈되었다.

연만(年滿)하신 할아버지도 참으시는데, 아버지는 돌아서서 한참 동안이나 눈을 꿈뻑꿈뻑거리며 사람들을 보았다. 자기처럼 사랑하는 가족을 떠나보내는 사람들, 반갑게 맞아들여 얼싸안고 우는 사람들…….

'이제 나는 언제나 저 사람들처럼 내 자식을 다시 내 품에 안아 볼꼬……?'

"야, 윗저고리 벗어야."

갑작스런 아버지 말씀에 기원은 영문을 몰랐다. 아버지는 입고 계시던 양복 윗저고리를 벗어 아들의 양복과 바꿔 입었다.

기원은 그때서야 아버지의 마음을 알았다. 아들이 입고 있던 옷과 자신의 옷을 바꿔 입고 싶은 아버지의 마음을……. 기원도 눈시울이 뜨거워졌다.

대한민국에서도 최남단의 촌놈이, 태평양을 건너, 북서쪽으로는 파나마와 카리브 해, 동쪽으로는 베네수엘라와 브라질, 남서쪽으로는 페루, 에콰도르와 경계를 이루는 나라. 서울에서 비행기를 타고 미국 LA에서, 또 멕시코시티에서 콜롬비아의 수도, 보고타까지 그야말로 낯설고 물선, 전혀 알 수 없는 나라로 가는 것이었다. 스스로 선택한 이 길이 과연 잘한 선택일까? 그러나 태권도밖에 모르는 자신으로서는 다른 방법이 없었다. 또한 미지의 세계로 간다는 호기심과 모험심도 있었다.

그는 이 땅을 떠나는 순간, 그 여대생을 생각했다.


'남자가 그렇게 할 일이 없어요?'


'오냐, 떠나자. 보란 듯이 잘해보자.'


그가 콜롬비아로 떠나던 날, 그녀를 생각했었고, 귀국하는 날에도 그녀를 생각했다. 30여 년 동안이나 외국에서 살다가 다시 고국에 정착한다는 것은 무척 어려운 일이다. 다 자란 소나무도 옮기면 제대로 살지를 못하는데, 하물며 30여 년 동안 전혀 다른 문화 속에서 살던 그가, 고국에서 정착한다는 것은 대단한 용기가 필요했다.

그가 귀국을 결심한 이유 중에는 여러 가지가 있었다. 한 집안의 장손으로서 돌아가신 할아버지, 아버지의 선산과 조상들을 받들어 모시겠다는 생각 등 여러 가지 계획들이 있었다. 그러나 또 한 가지는 그녀를 꼭 한 번 만나고 싶다는 열망도 있었나.

이제 50이 다 된 나이로 그녀를 만나서 어쩌자는 것이 아니고 다만, 그녀가 어떤 여인으로 변해 있을까? 하는 궁금함 때문이었다. 어쩌면 그에게는 영원히 풀 수 없는 어머니라는 화두 때문이었는지, 조국과 어머니와 그녀는 늘 그에게 그리움이라는 갈증을 느끼게 했다.


타국에서의 처절한 외로움과 고독 속에서도 잊혀지지 않았던, 그녀를 닮은 여인과 광주에서 서울로 가는 비행기 안의 가장 가까운 옆자리에서 한 시간 가량 함께 있었다.

그는 그 여인의 연락처를 받아두지 않은 것을 몹시 후회했다.

'이름만이라도 물어볼 것을……'

그러나 그녀에게 감히 연락처를 물을 수가 없었다.

그는 자신이 무척 강한 사내라고 믿고 있었고, 남들도 그렇게 평가하고 있었다. 그러나 그녀한테만은 한없이 약한 그였다. 그는 그 여인으로부터 연락이 오기만을 기다렸다.

명함을 들여다보는 그녀를 보면서 한 번쯤은 연락이 올 것 같은 예감이 들었으나, 한 달이 가고 두 달이 가고 1년이 지나도 그녀로부터는 연락이 오질 않았다.

정선혜 부장은 사무실 책상서랍 속에서 명함들을 꺼내어 정리하고 있었다. 그녀는 여성지 편집부장이라는 직책 때문에 많은 사람들을 만난다. 한 달 동안에 받아서 서랍에 넣어둔 명함만 해도 한 움큼은 되었다. 그녀는 시간이 나는 대로 명함을 정리해서 특이한 캐릭터가 있는 인물들의 명함만을 따로 명함 노트에 보관하고 있었다.

오늘도 명함들을 정리하다가 명함 한 장에 시선이 멈췄다.

'최기원, 민족대학 태권도학과 교수.'

그녀는 명함의 주인공을 어디에서 만났던가를 생각하다가, 광주에서 서울로 오는 비행기 안에서 만났던, 눈이 몹시 빛나던 사람이 생각났다.

'광주에 오실 기회가 있으시면 제가 있는 대학을 꼭 한 번 보여드리고 싶습니다. 연락 주십시오.'

그의 말이 아니더라도 한번은 그를 만나보려고 생각했었다. 그는 좀 특이한 사람이었다. 전공이 경호라고 했던가? 국내에서는 하지 않고 콜롬비아에서 했었다고 들었다. 그녀는 빠른 시간 안에 그를 만나보리라 생각하면서 명함 노트에 그의 명함을 붙였다.

광주비행장 출입구로 걸어나오는 정선혜의 손에서 가방을 받아드는 손이 있었다. 그녀는 손의 주인공을 쳐다보았다. 점퍼 차림의 작고 단단한 체구에 날카로운 눈이 그녀를 보며 웃고 있었다. 그의 얼굴은 잘 기억이 나질 않았지만, 날카로운 눈만은 기억하고 있었다.

그녀는 인사를 했고, 그는 정장차림의 학생을 소개했다. 그의 조교였다. 조교는 예의가 깍듯한 학생이었다.

"매너도 가르치시나 보죠?"

그녀는 그가 열어주는 자동차 안으로 들어가 앉으며 말했다.

"물론이죠. 매너가 무척 중요합니다."

그의 목소리는 낮았으나 무척 자신 있는 목소리였다.

"다시 뵙게 되어 무척 반갑습니다. 작년부터 혹시 연락을 주시지 않을까 하고 몹시 기다렸습니다."

그녀는 비로소 자신의 명함을 그에게 주었다. 명함을 받은 그의 손이 떨리기 시작했다.

'정선혜. 그래, 바로 그녀였구나. 오 하나님, 감사합니다. 꼭 만나고 싶었던 사람을 이렇게 만나게 해주시는군요.'

그는 자신에게 심한 모욕감을 주었던 그녀가 밉지 않았고, 오히려 그리웠었다. 그는 생각했다. 그녀와의 운명의 고리는 이렇게 이어지는 것이라고…….

그녀는 그를 알아보지 못했다. 하긴 30여 년 전, 시골에서 상경한 남학생이 자신을 얼마나 그리워했는지, 그녀는 관심도 없었을 것이다.

그녀는 그가 안내하는 대로 민족대학으로 갔다. 그가 와서 만든 학과가 태권도학과였다. 학교는 산자락을 끼고 아름답고 편안하게 자리잡고 있었다.

그가 고국에 돌아와서 2년 동안 이루어 놓은 것을 본 그녀는 놀랐다. 캠퍼스 안에 국제 규모의 태권도 경기장이 어마어마하게 크게 세워져 있었다. 이것만 보더라도 민족대학이 최기원 교수에게 어떤 기대를 갖고 있는지를 짐작할 수 있었다.

'무서운 사람이구나…….'

그녀는 많은 사람들을 만났었다. 정치가, 재벌, 언론인, 의사, 판사, 검사, 변호사 등 우리나라에서 내로라하는 예술가들을 다 만나보았지만, 이 남자만큼 강하지는 않았다. 키는 약 168cm 정도였지만, 야무지고 단단하고 반듯한 자세에서는 자신감이 넘치고 있었다. 구릿빛으로 탄 얼굴에서 눈이 유난히 날카로웠다. 말소리는 낮고 정중했으며, 매너 또한 매우 신사적이었다. 특히 그녀에 대해서는 최대의 예의를 표하고 있었다.

그가 데리고 온 조교 역시, 그의 그림자 같았다. 그 조교는 그들 사이에 있다고는 느끼지 못할 정도의 간격을 두고 그의 눈빛 하나로 움직였다.

그녀는 그 사나이가 약 30여 년 전에 그녀가 모욕을 주며 뒤도 돌아보지 않고 가버렸던, 눈이 맑고 아름다운 작은 소년이라고는 꿈에도 생각하지 못했다.

그는 그녀를 그의 연구실로 안내했다. 그의 연구실 책상 앞에는 낡은 흑백사진이 작은 사진액자에 넣어져 있었다. 그녀는 사진을 자세히 들여다보았다.

한복을 입고 쪽을 진 젊은 부인이었다.

"제 어머니이십니다. 늙지 않고 늘 새색시로 계십니다."

그는 쓸쓸하게 웃었다.

그의 눈에 물기가 고이는 것 같았나.


그는 차를 몰아 섬진강 가에 있는 식당으로 그녀를 안내했다. 저녁 안개가 피어오르고 있는, 비단 필을 풀어 놓은 듯한 섬진강은 무척 아름다웠다.

그는 기뻐하는 그녀를 바라보며 오늘을 위해 그 험난한 세월을 살아왔나 싶을 정도로 행복했다.

'그녀가 지금 내 곁에 있다.'

그는 꿈만 같았다. 그녀는 그를 무척 편안하게 해주었다. 마치 어머니가 곁에 계신 듯, 오늘만은 옆구리가 시리지 않았다.

그들은 소주를 마시며 매운탕을 먹었다. 조교에게 한 잔 권했더니, 정중하게 사양했다. 교수님을 끝까지 보호해 드려야 하기 때문에 술을 마실 수가 없다는 것이었다.

그녀는 그가 부러웠다. 2년 동안 어떻게 교육하면 학생들이 저렇게 될까 하고.

"왜 하필, 그렇게 먼 콜롬비아로 가시게 되었어요?"

그는 지리산 자락에 걸쳐 있는 석양을 보며 홍석을 생각했다.

아! 콜롬비아, 보고타. 석양이 아름다운 나라, 너무나 아름다워서 석양이 질 무렵이면 미치도록 외로웠던 나라, 콜롬비아. 그는 갑자기 가슴이 쪼개지는 통증을 느꼈다.

그를 바라보고 있던 그녀는 그의 고통스런 모습에 놀랐다.

"왜, 어디 불편하세요?"

"아닙니다, 괜찮습니다."

세례명으로는 '후안' 이었지만, 홍석은 끝까지 자신의 한국 이름을 고집했다. 기원이 어쩌면 홍석을 만나려고 그 머나먼 나라, 콜롬비아까지 갔었나 할 정도로 그를 만난 것은 운명적이었다. 홍석은 자신의 고국인 한국에 무척이나 돌아오고 싶어했다.

이제 그는 가고 없고 자신만이 혼자 고국산천에 돌아와 있었다.


홍석!

그는 전쟁고아였다. 6·25 한국전쟁에 참전했던 콜롬비아군이 귀국 배낭 속에 숨겨서 데리고 간 한국의 고아, 홍석!

그를 만난 것은 기원의 운명과 인생관을 바꾸어 놓았다.

김포를 떠난 지, 시간으로 따지면 약 25시간 정도 걸렸으나, 비행기 여행이 처음인 최기원에게는 몇 달이 지난 듯 지겨웠다.

마침내 콜롬비아의 수도인 보고타 공항에 도착했다. 낯선 도시, 낯선 사람들 사이로 미지의 세계에 대한 두려움을 갖고 기원이 공항에 내리자, 서툰 한글로 ‘환영, 태권도 마스터 최기원’ 이라고 쓴 쪽지를 든 정장차림의 청년들이 마중나와 있었다. 기원은 어리둥절했다.

“어서 오십시오. 먼 길 오시느라 애쓰셨습니다. 저는 한국대사관의 무관, 정용재라고 합니다.”

그가 손을 내밀자, 기원은 자신의 두 손으로 그의 손을 매달리듯 꽉 잡았다. 머나먼 타국에서 듣는 우리말은 그의 가슴을 뜨겁게 했다. 기원은 눈물이 흘러나오려는 걸 억지로 참았다.

정용재는 피켓을 든 청년들을 하나하나 소개했다. 대통령궁 경호대에서 마중을 나온 것이었다. 그들은 자기들의 교관에 대한 예우로서 기원에게 깍듯이 인사했다.

콜롬비아 대통령궁은 스페인식의 웅장하고 화려한 건물이었다.
미처 시차도 극복하지 못한 채, 도착한 지 3일째 된 날부터 태권도 시범에 들어갔다.
약 28여 년 전, 동양 사람들이 별로 없었을 때, 눈이 총명하고 예쁘게 생긴 작은 동양 남자가 태극 마크를 등에 새긴 도복을 입고, 태극기에 머리 숙여 경례를 하고, 장검으로 머리 위의 사과를 자르고 한 주먹으로 높이 쌓인 벽돌을 격파하는 모습은 그들에게는 충분히 화젯거리가 되었다. 국영TV에서는 연속으로 시범 모습을 방송했고, 보고타 신문도 연일 이 새롭고도 신기한, 작은 한국 남자를 화젯거리로 다뤘다.
그러자 콜롬비아에 있는 무도인들이 그에게 도전을 해왔다. 콜롬비아에는 이미 1800년대에 일본 가라테와 중국의 쿵후가 보급되어 있었다. 그리고 세계적인 축구선수들과 유도선수들이 스포츠계에서 단단히 자리잡고 있었다. 그런데 느닷없이 한국의 작은 남자가 나타나서 언론의 스포트라이트를 받으니, 그들로서는 자존심이 상한 것이었다.
스포츠의 각 분야에서 제일 센 사람들이 한 사람씩 도전장을 냈다. 최기원은 TV 카메라 앞에서 그들의 도전을 받았다. 말하자면 콜롬비아의 전 국민 앞에서 도전을 받는 것과 같았다.
덩치가 큰 콜롬비아인(백인과 인디오의 혼혈)과 작은 한국 남자와의 한판 대결은 그들에게 충분히 뉴스거리가 되었다. 다윗과 골리앗의 싸움이었다. 가라테나 쿵후의 고수들은 이 작은 한국 남자를 얕보았다.

기원은 통역을 통해, 그들에게 물었다.

"규칙은 어떻게 정할까?"

그들은 가소롭다는 듯 말했다.

"어떤 방법이든 먼저 쓰러지는 자가 지는 거다."

기원은 대답했다.

"좋다."

TV 카메라는 돌아가고 있었다. 기원은 상대를 노려보고 있었으나 숨을 쉴 수도 없이 긴장되었다. 상대는 기술은 물론, 큰 체구로 기원을 위압했다.

기원이 이번 시합에서 이기지 못하면 콜롬비아에 발을 붙일 수가 없음은 물론, 자신과 조국인 대한민국이 웃음거리가 되고, 자신은 남미 중에서도 콜롬비아에 보내진 임무 수행을 제대로 못하게 되는 것이었다.

두 무도인은 서로 상대를 노려보고 있었다. 1분도 채 안되는 짧은 시간이었지만, 기원에게는 무척 오랜 시간 같았다. 순간, 상대에게서 헛점이 보였다. 기원은 재빨리 상대의 급소를 향해 누우면서 발로 돌려차기를 했다. 눈 깜짝할 사이였다. 상대는 끽 소리도 못 내고, 커다란 거구가 그대로 쓰러져서 일어나지도 못하고, 피오줌을 쌌다.

기원은 그의 기도를 트이게 해주고, 응급처치를 끝낸 다음 병원으로 싣고 가게 했다. 그 여세를 몰아, 기원은 통역을 통해 이 시간 이후엔 어떤 도전도 받지 않겠으니 도전할 사람은 지금 당장 도전하라고 소리쳤다. 제일 센 고수가 눈 깜짝할 사이에 쓰러지는 걸 본 그들은 아무도 나서지 않았다.

기원은 그들에게 말했다.

"오늘 이 시간 이후에는 너희들의 도전을 받지 않겠다."

기원은 이런 식으로 그들을 하나씩 제압해 나갔다. 쿵후의 최고수, 세계적인 권투선수, 유도선수 등이 도전해 왔으나, 그는 싸움에 늘 심리전을 썼다. 상대가 뭘 노리는지, 또는 뭘 원하는지를 빨리 파악했다.

기원은 늘 긴장하며 살았다.

그 후 기원은 보고타의 스타가 되었다. 그들은 신사였다. 한번 지면 깨끗이 승복했다. 그의 인기는 보고타를 뒤흔들었다. 많은 사람들이 그의 제자가 되고자 몰려왔으나, 그는 도장이 없었다.


그러던 어느 날, 그의 제자 중 하나인 백인 청년이 말했다.

"사범님, 저의 어머님께서 저녁 초대를 하시겠다고 합니다."

그는 쾌히 승낙했다.

약속한 날 저녁, 백인 청년이 정중하게 그를 모셨다. 그 청년이 안내한 곳은, 수도 보고타의 북쪽 고지대에 있는 최고급 저택이었다. 이 주택지는 콜롬비아에서도 최고위 백인 상류층들만이 모여 사는 동네였다. 성(城)처럼 웅장하고 화려한 저택에는 개인 사병과 경호원들이 있었다.

기원은 주눅이 들었다. 대한민국에서도 최남단의 촌놈이 이런 저택에 초대를 받다니……. 그는 가슴이 떨렸다. 차가 웅장한 대문을 지나 한참을 미끄러지듯 들어가니, 현관 앞에 초로의 부인과 점잖은 노신사가 서 있었다.

"어서 오세요. 만나서 반가워요."

기원은 영화에서 봤던 귀족 부인처럼 우아하고 아름다운 부인의 손을 잡았다. 이 부인이 바로 미국계 스페인 귀족 부인인 메리 파티스였다.

메리 부인은 보고타 최상류 클럽의 회장이었다. 이 클럽엔 아무나 들어올 수 없었다. 이 멤버에 들어올 수 있는 자격으로는 백인으로서, 최상류층의 신분과 재력을 갖춘 자에 한하며 극소수에게만 허용되었다. 만약 회원 중에서 누군가가 죽으면, 그의 자식이 이 클럽의 멤버가 되었다. 따라서 결혼도 자기들끼리 하고 이익도 자기들끼리 가졌다. 또한 이 클럽은 철저한 상류사회의 권력과 특권을 누렸다.

메리 부인이 응접실에서 가벼운 음료수를 마시며 손님들과 이야기하는 그의 곁에 와서 손을 잡았다.

"이렇게 부드럽고 따뜻한 손이 어쩌면 그렇게도 무서운 힘을 가졌어요?"

그녀는 우아하면서도 고혹적인 눈으로 그를 내려다보았다. 20대인 기원은 메리 부인이 자신에게 관심을 가져주는 것에 무척 흥분했다. 보고타의 최상류 계급인 메리 부인의 호의적인 관심을 받는다는 것은 백만 원군을 얻는 것과 같았다.

식사를 하는 도중, 그의 등에서는 진땀이 났다. 이런 식의 저녁 초대는 처음이었기 때문에, 음식이 맛이 있는지 없는지를 느낄 겨를도 없이 정신없는 채로 식사가 끝이 났다.

식사 후, 거실로 와서 차를 마시며 메리 부인은 집사가 가져온 서류에 먼저 사인을 했다.

"그랜드 마스터 최, 이 서류에 사인을 하세요."

기원에게 서류를 내밀었다. 기원은 어리둥절했다.

메리 부인의 아들인 리카르토가 말했다.

"사범님의 태권도 도장입니다."

"네……?"

기원은 자신의 귀를 의심했다.

"어머님이 사범님께 태권도 도장을 선물하시는 겁니다."

기원은 어떻게 해석해야 할지 알 수가 없었다. 지금까지 살아오면서 어느 누구한테서도 팬티 한 장, 거저 얻어 입어본 적이 없는 기원이었다. 그런데 사인 한 번에 태권도 도장을 선물로 받다니……. 기원은 당황했다.

메리 부인의 아들이 곁에서 거들었다.

"부담 느끼지 마시고 받으십시오."

기원은 그들이 시키는 대로 메리 부인의 사인 옆에 나란히 서명했다. 메리 부인은 박수를 치며 기뻐했다. 사인한 서류를 기원에게 건네준 메리 부인은 기원의 볼에 키스를 했다.

"마스터 최, 훌륭한 제자들을 많이 교육시켜서 이 지역을 보호해 주세요. 콜롬비아는 무척 혼란스러운 나라예요. 마스터 최 같은 사람이 필요해요.”

그녀는 기원의 얼굴을 빤히 바라보았다.

'저 작은 몸, 어디에서 그런 힘이 나오는 것일까……?'

그녀는 체격은 작았으나 단단한, 눈이 맑고 아름다운 이 동양 청년에게 마음이 끌렸다.

“감사합니다.”

기원은 고개를 숙이며 메리 부인의 손에 입술을 갖다 댔다. 숙녀에 대한 최대의 존경의 표시였다. 기원은 자신에 대한 메리 부인의 호의와 관심에 마음이 무척 든든해졌다.

굉장한 배경이었다. 그러나 한편으론 어머니 또래인 메리 부인의 고혹적인 눈초리가 왠지 마음에 걸렸다. 그러나 일단 그는 보고타에서는 제일 큰 태권도 도장을 갖게 되었다.


그 후, 그의 도장에는 상류사회부터 서민층까지 많은 사람들이 몰려왔다.

콜롬비아는 5퍼센트의 부자(기득권층)가 95퍼센트의 이익을 누리는 빈부의 차이가 극심한 나라였다. 나머지는 모두 빈민들이었다. 이 때문에 끊임없이 내전이 일어났고, 대중들의 암묵적인 동조 속에 게릴라들이 있었다.

그의 태권도 도장은 콜롬비아에서 유명해졌다. 그는 누구든 가리지 않고 자신의 도장을 찾아오는 사람을 환영했다. 일부 백인들의 최상류 그룹에서부터 정부 요직, 대통령 경호관들, 정보 요원, 그리고 마피아단들, 게릴라 등 누구를 막론하고 그의 도장에서는 평등했다. 그리고 그는 철저히 중립을 지켰다. 그는 다만, 그들의 엄격한 사범일 뿐이었다.

콜롬비아 사람들은 거의 모두 무기를 소지하고 있었다. 그래서 그의 도장 입구에는 무기를 풀어 놓는 함이 있었다. 누구나 도장에 들어오기 전에 몸에 소지했던 무기를 무기함에 풀어 놓고 들어와야 했다. 그것이 그의 도장의 규칙이었다.

한번은 제자들을 훈련시키는데, 그들 중 누군가가 제의를 했다. 보고타에 있는 언덕까지 뛰어올라가자는 것이었다. 그것은 사범을 테스트하는 것이었다.

보고타는 해발 2,700m의 고지(우리나라 백두산이 2,770m이다.)에 있는 도시로, 가만히 있어도 숨이 차는 곳이었다.

그러나 그는 기꺼이 승낙했다. 죽을 때 죽는 한이 있어도 그들이 요구하면 해야 되는 것이 거칠고 낯선 땅에서 사는 길이었다. 그는 그들을 끌고 한국말로 하나, 둘, 셋, 구령을 붙이며 뛰었다. 얼마나 힘이 드는지, 얼굴이 하얗게 창백해졌지만, 그는 마지막까지 뛰었다. 그들은 그의 지독함에 두 손을 들었다.


어느 날, 그의 도장에서 태권도를 배우는 안토니오가 운동이 끝난 후, 조용히 말했다.

"사범님을 뵙고 싶어하시는 분이 계십니다."

기원은 온몸의 신경이 긴장되는 것을 느꼈다.

그는 자신의 도장에 오는 사람들에게 그들이 무슨 일을 하는지, 묻지도 않았고 또한 알려고 하지도 않았다. 그러나 그는 알고 있었다. 누가 정부 요원이고 또 누가 경찰 간부이며, 마피아단의 일원이며 또 누가 게릴라라는 걸 그는 대강 짐작하고 있었으나, 그는 전혀 모르는 척하고 있었다. 그 길만이 자신을 보호한다는 걸 알기 때문이었다. 그런데 게릴라라고 짐작되는 안토니오가 자신을 보고 싶어하는 인물이 있다고 말한 것이다.

그는 안토니오의 얼굴을 뚫어지게 쳐다봤다. 안토니오의 눈은 맑고 천진했다. 안토니오는 기원을 사범님으로 존경하고 있었다. 그는 말없이 고개를 끄덕였다.

며칠 뒤, 안토니오는 그에게 태권노 지노를 받는 노중, 그의 손에 쪽지를 쥐어주었다. 그가 돌아가고 난 뒤, 그 쪽지를 펴보았다. 거기엔 약도가 그려져 있었고 별표를 친 지점이 있었다.

약속한 날, 기원은 아주 편한 차림으로 한가롭게 거리를 산책하고 있었다. 거리의 상점들을 구경하듯 이리 기웃, 저리 기웃 하다가 갑자기 어느 가게 안으로 빠르게 들어갔다. 가게 안으로 들어가니, 한 콜롬비아인이 그를 데리고 뒷문으로 나갔다. 그 콜롬비아인은 그를 또 다른 상점으로 데리고 들어갔다. 또 다른 사람이 그를 데리고 안으로 들어갔다가 다시 뒷문으로 나왔다. 뒷문 앞에는 자동차가 대기해 있었다. 그를 차에 태우자마자 승용차는 좁은 거리를 요리조리 피하듯 빠져나갔다. 그런 릴레이식으로 열 번도 넘게 그를 안내했던 사람은 어디까지 가면 없어지고, 그 다음 사람이 그를 또 다른 곳으로 데려갔다. 마지막으로 그를 데리고 간 곳은 허름한 술집이었다. 술집 안으로 깊이 들어가니 바깥하곤 다르게 잘 꾸며진 내실이 있었다. 입구에는 건장한 체격의 장정 몇

이 버티고 있었다.

　기원을 데리고 간 안내인이 뭐라고 스페인어로 말하자, 그들은 그를 안으로 안내했다. 기원이 집 내실 같은 곳으로 들어가니, 커다란 테이블을 가운데 두고 한 사내가 버티고 앉아 있었다. 얼굴은 검게 탔으나, 동양인의 얼굴이었다.

　그는 들어오는 기원을 보자, 일어나서 악수를 청하며 스페인어로 말했다.

　"반갑습니다. 꼭 한 번 만나뵙고 싶어서 이렇게 힘들게 모셨습니다. 저는 홍석이라고 합니다."

　기원은 깜짝 놀랐다. 그가 한국 이름을 말하고 있었던 것이다.

　"한국 분이십니까?"

　기원은 서툰 스페인어로 더듬거리며 물었다.

　"그렇소."

　"그런데……?"

　"그런데 한국어를 왜 못하느냐고 묻고 싶으신 거죠?"

　기원은 대답 대신 그를 바라보았다. 얼굴은 검게 탔으나, 눈초리가 형형하게 빛나고 있었다.

　그는 자신의 이야기를 먼 이야기하듯 기원에게 들려주었다.

　한국전쟁중 중부전선에서 중공군과의 치열한 전투(경기도 연천군 북방 지역)가 끝나고, 병력의 휴식을 위해 콜롬비아 대대가 이

동할 때였다. 집들과 사람들이 소련기의 폭격으로 죽어 있는 모습
이 너무 처참했다. 후안 상사는 차마 눈뜨고 볼 수 없는 광경에 눈
을 돌렸다. 전쟁이 이렇게 무서운 줄도 모르고 지원해서 한국전에
참전했지만, 그는 전쟁의 비참함으로 매일 밤 두려웠다.

그들이 이동하는 산길에도 피투성이가 된 시체들이 늘어져 있
었다. 한국의 3월은 몹시 추웠다. 그는 벌벌 떨며 자신이 지금 어
디로 걸어가는지도 모른 채, 대열 속에서 움직이고 있었다. 그런
그의 귀에 어린아이 울음소리가 들렸다. 가까이 가보니, 피투성이
가 된 채 죽어 있는 엄마 곁에서 어린 사내아이가 울고 있는 것이
었다. 후안 상사는 그냥 지나치려는데 발걸음이 떨어지지 않았다.

'저 아이를 그냥두면 얼어 죽을 텐데……'

후안 상사는 우는 아이를 안고 부대를 따라 이동했다. 그는 전
쟁중이라 자기 자신도 어떻게 될지 몰랐지만, 아이를 버릴 수가
없었다. 사내아이는 폭격에 놀랐는지, 아니면 낯선 사람들 속이라
서 그런지 내내 울었다. 그러나 먹을 걸 주니까 곧 그쳤다.

통역병이 물었다.

"몇 살?"

아이는 손가락을 네 개 펼쳤다.

"으응. 네 살이구나. 이름은?"

"홍석."

"홍석?"

아이는 고개를 끄덕였다. 통역병은 후안 상사에게 아이의 나이
와 이름을 말해주었다.

그 후부터 후안 상사는 아이가 이름을 잊어버릴까 봐, 틈만 나면 아이의 이름을 불렀다.

"홍석……!"

홍석은 부대 안에서 마스코트였다. 스페인어도 빨리 배우고 눈치가 빨라서 부대원들의 심부름도 곧잘 했다. 삭막한 콜롬비아 부대막사 안에서 홍석은 그들의 위안이 되었다. 홍석은 머리가 좋아서 한 마디를 가르쳐 주면 금방 되뇌어 말할 줄 알았고, 잊어버리지 않았다.

후안 상사는 홍석을 혼자 놔둘 수가 없어서 어디든지 데리고 다녔다. 물론 교전할 때도 마찬가지였다. 탱크에 탈 때도 탱크 속에 홍석을 넣어서 교전을 했고, 진군중에는 배낭 속에 넣어 짊어지고 다녔다. 어린 홍석은 후안을 의지하며 시키는 대로 잘 견뎠다. 홍석은 나이는 어렸지만 무척 씩씩했다. 그러나 사람들 시체만 보면 울어서 후안 상사를 당황하게 만들었다. 폭격 때의 충격 때문일 것이라고 후안 상사는 가엾어 했다.

1953년 7월 27일, 휴전협정이 맺어졌다. 휴전협정이 맺어졌으니, 곧 고향에 돌아갈 것이라고 병사들은 기뻐 날뛰었다. 후안도 기뻤다. 아무것도 모르고 호기심에 지원해서 한국전쟁에 참가했던 그는 동료들이 곁에서 죽어가는 모습을 보며, '이제 어머니도 못 만나고 타국에서 죽겠구나' 라고 생각했었다. 그런데 살아서 고향에 돌아갈 수 있다고 생각하니 눈물이 나도록 기뻤다. 후안은 자신을 살려주신 하느님께 감사를 드렸다.

그러나 그는 홍석을 생각했다.

'우리가 귀국하면 홍석은 어떻게 되나?'

후안 상사는 그동안 홍석과 한 몸처럼 지냈다. 혈육의 정(情)처럼 깊이 정이 들었다. 그리고 홍석을 버리고 가면, 불쌍한 전쟁고아가 될 텐데, 그렇게 할 수는 없었다. 이제 그에겐 홍석이 남이 아니었다. 자신의 아이였다. 그는 동료들과 의논해서 홍석을 콜롬비아로 데리고 가기로 결심했다.

그는 어린 홍석에게 물었다.

"나하고 같이 살래?"

홍석은 물론이라는 뜻으로 크게 고개를 끄덕였다. 그리곤 어린 두 팔로 후안 상사의 목을 꼬옥 끌어안았다. 후안의 눈엔 눈물이 고였다. 그는 어떤 일이 있더라도 홍석을 데리고 가야겠다고 또 한 번 결심했다.

그는 고민했다.

'홍석을 어떻게 데리고 가나……?'

사령부에서는 한국 고아를 귀국선에 태울 수가 없다고 했다.

'저 아이를 몰래 데리고 가는 방법이 없을까?'

고민하는 후안에게 오스왈도라는 동료가 말했다.

"배낭에 넣어가지고 가면 어때?"

"배낭에……?"

"응, 우리가 도와줄게."

'홍석이를 배낭에 넣어간다?'

후안은 생각지도 못했던 아이디어였다. 귀국 배낭이 두 개니까 배낭 한 개에 네 살짜리 홍석을 넣어가지고 귀국선을 타기로 했다. 그 길밖엔 다른 방법이 없었다. 이미 홍석은 배낭 속에 들어가 있는 방법을 익혔었다. 진군중엔 으레 후안 상사의 배낭 속에서 진군했었기 때문에 후안 상사는 문제가 없겠다고 생각했다.

드디어 본국 귀환의 날이 왔다. 미군 수송선, 마린 카프(marine Carp) 호를 타고 인천항을 떠났다.

후안 상사가 배에 승선하는 데에는 문제가 없었다. 그러나 수송선의 질서를 맡은 헌병들은 일상적인 일일 점호를 철저하게 실시했다. 그래서 점호가 있을 때는 재빨리 홍석을 배낭 안에 집어넣었다가, 점호가 끝난 뒤에는 침실의 환풍기 앞으로 데려가 신선한 바람을 맞볼 수 있도록 했다. 신통하게도 홍석은 후안 상사의 말을 잘 따라주었다. 소리 내지 말고 가만히 있으라고 하면 끽 소리 한 번 내지 않고 잘 참아주었다.

수송선 안에서의 생활은 홍석과 후안 상사를 더욱 단단하게 묶어주었다. 후안 상사는 홍석에게 있어 생명과도 같은 사람이었다. 배낭 속에서 불안하게 숨죽이고 있다가, 배낭을 열고 홍석이 얼굴을 내밀면 후안 상사는 쓰고 있던 군모를 벗어서 홍석에게 부쳐주었다. 그러는 동안 두 사람의 관계는 깊은 신뢰와 사랑이 쌓여갔다. 후안 상사는 오직 자신만을 믿고 있는 홍석의 모습이 눈물겹도록 고마웠다. 세상에 태어나서 자신을 하늘처럼 믿고 의지하는 사람은 홍석밖에 없기 때문이었다. 후안 상사는 홍석을 위해서라면 어떠한 위험도 감당할 자신이 있었다.

옛날이야기처럼 여기까지 말하던 홍석이 담배를 한 대 꺼내 물었다. 긴 한숨처럼 담배 연기를 뿜어내는 홍석의 눈가에 물기가 고여 있었다. 홍석은 눈앞에 기원이 있다는 것을 잊은 듯, 그의 눈은 먼 곳을 응시하고 있었다.

기원은 홍석이 말하고 있는 동안, 왠지 모르게 가슴이 아파왔다. 오늘 처음 만난 그가 기원에게는 낯설지가 않았고, 온몸에 전율이 흐르는 것 같은 봉승을 느꼈다.

기원은 그가 타인(他人)이 아니라 자기 자신처럼 느껴졌다. 그에게서는 콜롬비아의 제도권(권력층, 군부, 재계)에서 그의 이름만 들어도 두려워지는 게릴라단의 사령관이라는 생각이 들지 않을 정도로, 그는 따뜻하고 부드러운 눈을 가졌다.

홍석은 비로소 앞에 앉아 있는 기원을 의식했다.

"마스터 최, 내가 당신을 만나보고 싶었던 것은 강한 정신과 몸 속에 숨겨져 있는 당신의 슬픔과 외로움을 보았기 때문이오. 물론 당신이 내 조국, 내 어머니의 땅, 한국 사람이기도 하지만, 단지 같은 한국 사람이기 때문에 만나보고 싶었던 건 아니었소. 내 말을 이해할 수 있겠소?"

기원은 머리를 끄덕였다. 그가 무엇을 말하려고 하는지를 알았기 때문이었다. 그들은 만나는 순간, 서로를 분신처럼 느꼈다.

"내가 동양의 작은 나라, 한국에서 어떤 인연으로 이국 병사의 배낭 속에 숨겨져 이 머나먼 나라 콜롬비아로 왔는지, 당신이 어떤 이유로 이 콜롬비아로 오게 되었는지 그런 것들은 상관없소. 단지, 당신이 이 땅에 와서 당신이 하고 있는 행동에서 이상하게 동질감이 느껴졌소. 나는 TV 방송에서 당신을 지켜보았소. 당신은 이 땅에 떨어지자마자 이미 당신 자신을 버릴 줄 알았소. 이 땅에서 자신을 지키려고 하면 죽소. 그러나 자신을 버리면 살 수 있소. 당신은 그것을 재빨리 터득했소. 나는 당신의 그런 점이 마음에 들었소.”

기원은 단번에 홍석을 사랑하게 되었고, 존경하게 되었다.

“어떻게 지금처럼……?”

머뭇거리며 묻는 기원에게, 얼굴이 온통 수염으로 시커멓게 뒤덮인 그는 하얀 이를 드러내며 웃었다. 그의 웃는 모습이 순진하고 아름다워 보이기까지 했다.

“어떻게 한국의 전쟁고아가 게릴라가 되었느냐는 뜻이오?”

홍석은 심각한 표정으로 기원을 가만히 바라보았다.

“나는 지금도 악몽을 꾼다오. 다른 기억은 다 잊어버렸소. 양아버지 후안 상사를 따라 전쟁터에서 살았소. 방금 전까지도 곁에 있던 사람이 피투성이가 되는 곳 말이오. 나는 한국말은 한 마디도 하지 못하오. 그러나 내 이름과 엄마는 잊지 않았소.”

그의 입에서 엄마라는 단어가 나오자 기원도 눈시울이 뜨거워졌다. 홍석은 그의 기억 속에 생생하게 각인된 장면이 떠오르자, 고통스러운 얼굴을 하였다.


고막이 찢어질 듯 진동하는 소리에 놀란 엄마가 자신을 껴안고 있었다. 어린 홍석도 엄마 품안에서 눈을 꼭 감고 있었다. 얼마 후, 주위가 조용해서 엄마 품에서 빠져나오니 엄마는 피투성이가 되어 쓰러져 있었다. 어린 아들을 품속에 넣어 보호하고 자신은 총탄을 맞고 쓰러진 엄마의 모습을, 피투성이가 된 그 엄마 곁에서 울던 자신의 모습을, 그는 밤마다 꿈에서 보았다. 심지어, '엄마, 엄마!'를 부르며 흐느껴 울다가 잠에서 깬 적이 한두 번이 아니었다. 어떻게 그 기억만은 생생하게 잊어버리지 않았는지 모르겠다고 후안 상사는 말하곤 했다.

그래서 그런지, 그가 이끄는 게릴라단은 아이가 딸려 있는 부녀자들을 절대 다치지 못하게 했다. 만약에 어린아이가 함께 있는 부녀자들을 다치게 하거나, 테러나 납치를 하게 되면 그들의 엄한 규칙에 의해 엄벌에 처하게 되었다. 그래서 후안 사령관이 이끄는 게릴라단은 국민들의 지지를 받고 있었다.


홍석의 이야기는 계속되었다.

홍석을 배낭에 넣어 귀향한 후안 상사는 고향에 도착하자마자, 홍석에게 세례명으로 후안이라는 자신의 이름을 주고 아들로 삼았다. 후안 상사의 집에는 아버지와 어머니, 그리고 어린 여동생 소니야가 있었다. 소니야는 홍석보다 세 살 위였다. 홍석에게 소니야는 친누이처럼 잘해 주었다. 그들은 국경을 초월해서 가족의 일원으로 홍석을 받아들였으며 사랑을 아끼지 않았다. 홍석과 소니야는 친 오누이처럼 자랐다.

콜롬비아인들은 초기에는 인디언, 스페인인, 아프리카인들의 혼혈로 아메리카 인디언의 혼혈과 흑인, 400여 종족이나 되는 인디언들이 있었다. 특수 계층만 빼놓고는 일반 국민들은 인종에 대한 편견이 거의 없었기 때문에, 홍석은 주위의 특별한 시선을 받지 않고 그들과 자연스럽게 자랐다.

소니야는 무척 아름답고 솔직한 소녀였다. 어머니의 사랑을 몰랐던 홍석은 자신을 아껴주고 챙겨주는 소니야를 이성으로 좋아하게 되었다. 홍석에게 소니야는 태어나서 처음 만난 여인이었기 때문이었다. 그 후, 후안 상사는 어릴 적 친구 루이사와 결혼했다. 루이사도 홍석을 무척 아꼈다. 루이사는 보고타의 고지대에 있는 저택으로 허드렛일을 하러 다녔다.

수도 보고타의 모든 행정은 5퍼센트의 상류층만을 위해서 존재한다고 해도 과언이 아니었다. 아침 출근시간의 교통만 해도, 고지대의 상류층이 출근하기 편하도록 저지대 사람들의 고지대 쪽으로의 왕래를 통제했고, 저녁 퇴근시간에는 반대로 고지대 사람들의 귀가를 편하게 하기 위해 저지대 쪽으로의 길을 통제했다.

어느 날이었다. 여느 날과 똑같이 출근했던 루이사가 돌아오지 않았다. 루이사는 행방불명이 되었다. 후안의 가족들은 백방으로 수소문했으나 루이사의 행방을 알 수가 없었다.

며칠이 지난 어느 날이었다.

대문 앞에 버려져 있는 루이사를 발견했다. 그러나 루이사는 이미 예전의 모습이 아니었다. 참혹했다. 저택에서 부인의 패물을 훔쳤다는 혐의로 경찰에 끌려간 루이사는 견딜 수 없는 고문과 여러 명의 군 요원에 의해 강간을 당한 것이었다. 루이사는 이미 살아있는 목숨이 아니었다.

아내의 참혹한 모습을 본 후안 상사는 눈이 뒤집혀서 군과 경찰에 강력하게 항의했다.

"내 아내가 뭘 잘못했다고 이 지경으로 만들어 놨느냐, 이 죽일 놈들아……."

후안 상사는 눈에 보이는 것이 없었다. 그는 경찰서에서 소리소리 지르며 난동을 피웠다.

그 뒤 그는 군 요원에게 죽임을 당했다. 아들의 죽음을 본, 후안 상사의 아버지와 어머니는 충격으로 세상을 떠났다. 비록 가난했지만 화목했던 한 가족이 불시에 참변을 당했던 것이다.

친아버지처럼 따르고 존경했던 후안 상사를 잃은 홍석의 절망은 표현할 수 없을 정도로 컸다. 하루아침에 가족을 잃어버린 홍석과 소니야는 눈앞이 캄캄했다.

그들은 아직 사춘기 10대들이었다. 한꺼번에 가족을 잃어버린 그들은 거리를 떠돌며 노숙하기도 하고, 이 도시, 저 마을로 떠돌아다니며 부랑아 생활을 했다. 홍석은 돈이 없어 구두닦이도 했다. 게다가 소매치기를 하기도 했다.

어느 날, 게릴라 대원이었던 카를로스의 눈에 띈 홍석과 소니야는 호세 토마스 사령관 앞으로 데려가졌다.

게릴라단 사령관인 호세 토마스는 홍석이 마음에 들었다. 아직은 어렸지만, 신중하고 용기 있는 소년으로 보였다. 또한 사람들의 마음도 잘 파악할 줄 아는 참을성이 대단한 소년이라는 생각이 들었다.

사령관은 홍석에게 공부를 시켰는데, 홍석은 무척 총명했다. 또한 그는 홍석에게 여러 가지 특수훈련도 시켰다. 홍석은 용감했으며 지혜로웠다. 어른들도 도저히 할 수 없는 훈련을 어린 홍석은 잘 참고 견뎠다. 어릴 때부터 이미 죽음의 계곡을 몇 차례씩 넘고 넘어 이 콜롬비아까지 왔기 때문에 그는 두려움이 없었다.

홍석은 이미 인간적인 욕심에서 초월해 있었다. 그에겐 그가 돌봐줘야 할 가족이 없었기 때문에 돈에 집착하지도 않았고, 물론 명예와 권력도 탐하지 않았다. 그는 자신의 몸뚱아리 하나가 전재산이었기 때문에 언제나 두려움이 없었다. 홍석의 그런 점이 호세 토마스 사령관의 마음에 들었다.

다만 홍석의 마음속엔 어머니와 조국과 약자에 대한 약한 마음만이 있을 뿐이었다. 그리고 아버지처럼 사랑하고 존경했던 후안 상사를 잊지 못하고 있었다. 그는 후안 상사가 그에게 보여주었던 인간애를 가슴 깊이 새겨두었다. 그래서 틈만 나면 후안 상사의 무덤을 찾아가서 그동안 있었던 일을 혼자 이야기하곤 했다.

그 외엔 어느 누구 앞에서도 희로애락을 나타내지 않았다. 그리고 그의 마음속에 사랑의 싹을 틔워서 키워온 소니야! 그녀만이 그가 살아가는 유일한 힘이었다.

그 후 호세 사령관이 우익분자들로부터 테러를 당하자, 대원들은 홍석을 대장으로 추대했다. 그것은 호세 사령관의 평소의 유지이기도 했다. 그리고 홍석에 대한 대원들의 두터운 신임이 있었기 때문에 가능한 일이었다.

열네 살에 들어와서 대원들과 고락을 같이한 그가 대장으로 추대되는 데는 아무도 이의를 달지 않았다. 홍석이 이끄는 게릴라단은 다른 게릴라단과 달랐다. 홍석은 전쟁의 희생자였다. 그의 대원들은 가장 민주적인 방법으로 의견을 교환했지만, 대장이 세운 규칙은 엄격하게 지켰다.

그들의 대장인 홍석이 제일 엄격하게 단속하는 것으로, 딱 두 가지가 있었다.

첫째, 아기를 데리고 있는 약한 부녀자는 보호한다.

둘째, 약자의 돈이나 물건에 손대거나, 약자를 납치하면 엄벌에 처한다.

그들은 언제나 강하고 부당한 이익을 취득하는 상류층의 것을 가난한 사람들에게 돌려준다는 원칙을 세우고 제도권과 싸우고 있었다.

홍석은 평화로운 투쟁이 무척 어렵다고 기원에게 말했다.

기원은 홍석에게 반했다.

'이곳에 가장 사내다운 사내가 있었구나.'

기원은 그를 형이라고 부르고 싶었다. 그래서 그가 자신의 뜻을 말하자, 홍석이 기원의 눈을 가만히 들여다보며, 나직한 목소리로 말했다.

"우리는 만난 순간, 이미 형제요. 단지, 당신의 입장과 내 입장이 달라서 표현할 수는 없어도, 당신이 콜롬비아에 도착한 날부터 나는 줄곧 당신을 지켜봤소. 당신의 입장 때문에 자주 만날 수는 없어도 나는 당신을 계속 지켜볼 거요. 그리고 언젠가 내 소임이 끝나는 날, 내 조국, 내 어머니의 땅으로 돌아가고 싶소. 당신과 함께. 꼭 돌아갈 거요. 그리고 당신에게 부탁이 있는데, 나한테 만약 무슨 일이 생기면 소니야를 부탁하오. 그럼, 건투를 비오. 내가 늘 당신과 함께 있다는 것을 잊지 마오. 내 형제여……!"

그는 일어서서 힘차게 기원을 끌어안았다. 기원은 왠지 그의 품에 안겨서 실컷 울고 싶어졌다.

홍석을 만난 기원은 이 세상에서 자신보다도 더 외롭고 고독한 사나이를 보았다. 더욱이 홍석은 힘없는 민중을 사랑하고 아끼는데 자신의 고독을 연료(에너지)로 사용하고 있었다.

기원은 가끔 자기 자신을 이겨내지 못하는 감상적인 마음을 생각하자 부끄러워졌다.

# 3

스페인풍의 콜롬비아 대통령궁 뒤쪽엔 하원 의사당과 그 옆으로 상원 의사당이 있고, 하원과 상원의 건물 사이에는 복도로 연결되어 있었다. 앞쪽에 자리잡고 있는 보고타 시청 앞에는 넓은 광장이 있고, 광장 한가운데엔 동상이 우뚝 서 있었다. 콜롬비아를 독립시킨 시몬 볼리비에 장군의 동상이었다.

콜롬비아는 어느 거리, 어느 마을을 가든지, 크고 작은 광장들이 있었다. 마치 로마광장 같았다. 광장에는 많은 사람들이 모여 있었다. 술병들을 모아 놓고 두들기며 연주하는 사람들. 라틴 음악이 흐르면 사람들은 흐느적거리며 몸을 흔들어 댔다. 옷은 남루했고 얼굴은 땟자국으로 꾀죄죄했지만 그들은 사람 좋은 무념한 표정으로, 흐르는 리듬에 몸을 맡기고 있었다.

시청 맞은편에 폭격을 맞은 것처럼 앞쪽이 흉하게 뻥 뚫린 건물이 있었다. 그 건물은 유서 깊은 대법원 건물이었다. 홍석은 그 건물을 올려다보다가 눈을 감았다. 그 처참했던 장면이 떠올랐다.

M·19 도시 게릴라들이 대법원 건물을 점거하고 대법원장을 인질로 정부와 협상을 하고 있었다. 정치권에서는 M·19의 요구를 받아주기로 합의를 봤다. 그래서 갑자기 도시 게릴라들의 사령관들은 대법원장과 평화적 협상을 벌였다. 그런데 군부에서 탱크로 대법원 건물을 공격하였다. 그 통에 대법원장은 물론, M·19 게릴라 대장과 많은 게릴라 지도자들이 죽었다. 베트멘이라는 쟁쟁한 혁명이론가와 홍석이 하늘처럼 존경하며 따르던 호세 토마스 사령관도 그때 죽었다.

M·19 게릴라들은 거의 대부분이 인텔리 이상주의 혁명이론가들이었다. 당시 게릴라 지도자들과 함께 실력 있는 법조계 인사들도 함께 죽었다. 홍석은 그들의 아지트가 있는 산에서 그 소식을 듣고 얼마나 절망했었는지 모른다. 군부가 탱크로 밀었을망정, 게릴라들은 대통령궁을 절대로 폭파하지 않았다.

대통령궁을 중심으로 한, 다운타운 7번가 도로에는 지금은 비록 가난한 민중과 마약을 하는 히피들과 좀도둑들이 이 거리를 메우고 있지만, 무척 아름답고 다양한 건축양식의 건물들이 있었다. 한때, 남미의 아테네로 불렸던 스페인 영주들의 집이었다.

지금은 빛바랜 건물들이지만, 한때 영광을 누렸던 건축물들이 바둑판처럼 즐비하게 짜여져 있었다. 옛날(스페인 점령 때)에는 성장한 백인 귀부인과 신사들을 태운 마차가 다녔다던 좁은 거리에 지금은 건물 사이사이로 빈민들이 거리거리에 넘쳐났다.

보고타의 고지대에 사는 상류층 사람들은 이 거리에는 내려오지 않았다. 몇 년에 한 번씩 있는 선거 때나 경호원들을 대동하고 방탄차를 타고 다니는 정도였다.

대다수 국민(전체 인구의 95%)들은 가난한 자신들의 신분 상승은 절대로 불가능하다는 것을 숙명으로 받아들이고 있었다.

홍석은 거리의 사람들을 연민 어린 시선으로 바라보았다. 그는 거리를 걸으며 그들 속에 비춰진 자기 자신을 바라보았다. 마치 자신이 그들과 하나라는 생각이 들었다.

그는 다운타운에서 7번 도로를 따라 15분 정도를 걸어내려왔다. 히메넬트라는 거리였다. 사람들은 이 거리를 에메랄드 거리라고도 불렀다.

광장에는 많은 사람들이 모여 있었다. 두부처럼 생긴 치즈 조각을 파는 소녀가 그를 보고 웃었다. 그도 따라 웃으며 소녀의 볼을 손가락으로 찔렀다. 소녀는 또 웃었다.

아무도 그가 게릴라 대장이라는 사실을 알지 못했다. 그저 몸이 좀 마른, 인디오의 피가 섞인 콜롬비아 사람. 자기들과 비슷한 족속이라는 정도로만 생각하고 그들은 다정하게 웃으며 혹은 지나치고 있었다. 에메랄드 거리에 있는 사람들은 거의 에메랄드를 사고파는 사람들이었다.

점퍼를 입은 사내 하나가 홍석의 움직임을 뚫어지게 보고 있었다. 홍석은 본능적으로 그 사내를 경계했다. 사내가 홍석에게 다가오고 있었다. 주머니에 손을 넣고……. 홍석은 자신도 모르게 긴장했으나, 일부러 아닌 척하고 광장의 약장사(차력사)들의 재주를 보는 척하고 있었다.

사내는 홍석의 곁으로 다가와 주머니에서 사각으로 접은 종이조각을 꺼내 펼쳐보였다. 점 한 점 없는 새하얀 종이 위엔 짙고 짙은 수박색 에메랄드 조각들이 빛나고 있었다. 무척 아름다웠다. 홍석은 웃으며 고개를 저었다. 그러자 그는 말없이 홍석을 떠나 사람들 속으로 사라졌다.

여기저기에서 종이조각을 펴서 보여주는 사람들과 보는 사람들이 말없이 눈빛으로 의사를 주고받았다. 조용한 가운데 에메랄드의 흥정이 이루어지고 있었다. 홍석은 그들 속을 빠져나와 카페 옆 건물로 들어섰다. 우중충한 건물이었다.


엘리베이터를 탔다.

엘리베이터 안에는 남자들이 빼곡히 차 있었다. 사람들의 눈초리는 마치 먹이를 노리는 짐승의 눈들처럼 번들거렸다. 좁은 엘리베이터 안의 작은 둥근 의자에 엘리베이터 맨이 앉아 층번호를 눌러주고 있었다. 엘리베이터 안엔 알 수 없는 긴장감이 팽팽하게 차 있었다.

홍석은 5층에서 내렸다. 엘리베이터 앞 복도에 감옥소 같은 쇠창살을 한 작은 문이 있었다. 홍석은 작은 문 앞에서 후안이라고 말했다. 쇠창살 안의 뚱뚱하고 눈이 큰 여자가 인터폰을 했다. 홍석은 기다렸다. 조금 있으니 쇠창살문을 열어주었다. 홍석은 고맙다고 말하고 안으로 들어갔다. 경호원 같은 느낌의 남자가 홍석을 복도 끝, 맨 마지막 방으로 안내했다.

커다란 테이블에 깊숙이 앉아 있던 나초가 들어오는 홍석을 보자마자, 급하게 목발을 찾아 짚으며 반갑게 일어섰다. 홍석과 나초는 서로 얼싸안았다. 그들은 오랜 친구였다.

홍석이 나초를 처음 만났을 때는 나초가 에메랄드 광산권의 이익 때문에 테러를 당할 때였다.

홍석이 동료와 함께 자동차를 타고 달리고 있는데, 백미러에 오토바이가 계속 따라오는 것이 보였다. 운전을 하던 동료가 갑자기 소리쳤다.

"엎드려……!"

홍석은 본능적으로 자동차 바닥에 머리를 쑤셔 넣었다. 오토바이를 탄 괴한이 홍석의 차 옆에 바짝 붙어 따라오며 기관단총을 꺼내어, 홍석이 탄 차 옆에 있는 차에다 쏘아대기 시작했다. 홍석은 재빨리 총을 꺼내어 그 괴한을 한 발에 쏘아 맞추었다. 그리고는 그 자동차에 가보니, 운전하던 남자가 피투성이가 되어 핸들에 엎드려 있었다.

홍석은 남자가 죽은 줄로만 알았다. 홍석과 동료는 그 남자를 재빨리 병원으로 옮겼으나, 두 다리는 어쩔 수 없었다. 그 괴한은 전문 테러리스트였다.

나초는 콜롬비아에서 제일 큰 에메랄드 광산을 가지고 있었다.

산파블로라는 곳이다. 나초는 잘생긴 얼굴에 또한 신사였다. 그러나 테러를 당하고 난 뒤부터서는 사무실과 자기 집을 경호원과 사병들로 하여금 엄중하게 지키게 하였다. 이 빌딩도 마치 감옥소같이 쇠창살 투성이었다.

그는 이 거리의 에메랄드 상인들에게 영수증 한 장 받지 않고 에메랄드를 공급하고 있었다. 그러나 한 번 약속을 어긴 자에게는 비정할 정도로 매장을 시켰다.

나초는 홍석에게 자리를 권했다. 홍석을 바라보는 그의 눈엔 애정이 가득 담겨 있었다. 홍석도 그가 좋았다. 어마어마한 부자였지만 거드름 피우지 않고, 수도 쓰지 않고 정석대로 하는 그가 남자다웠다. 끝없이 다정하고 부드러우면서도 룰을 어기는 자에게는 가차없이 비정한 그도 홍석이 마음에 들었다.

사무실을 둘러보았다. 그와 안 지 오래되었지만, 홍석이 직접 사무실을 찾은 것은 처음이었다. 그의 사무실엔 에메랄드에 관한 책, 세공기계, 에메랄드 광석 등이 커다란 책상 위에 놓여 있었다.

홍석은 그가 앉은 의자 뒷벽에 걸려 있는 대형 사진을 쳐다보았다. 산파블로에 있는 그의 에메랄드 광산의 사진이었다.

"대단하군!"

홍석은 탄성을 질렀다.

"자네, 이 사진 값이 얼마나 비싼지 아나?"

그가 웃으며 말했다.

"사진 값이 비싸봐야 사진 값이지."

홍석은 사진에서 눈을 떼지 않은 채 대꾸했다.

"아, 이 사람아. 그 사진 속에는 헬리콥터가 두 대나 있고 포크 레인과, 중장비 그리고 트럭이 수없이 많고 또 광산에서 일하는 사람들이 얼마나 많은지, 돈으로 계산해 보게나. 얼마나 비싼가?"

그는 껄껄 웃었다.

"이 사람아, 뭘 그렇게 뚫어지게 쳐다보나? 자네, 우리 광산 처음 보나?"

대형 사진 속, 광산의 능선 모양이 꼭 인디오가 누워 있는 모양을 하고 있었다. 누워 있는 인디언의 눈밑으로 광산을 파내려갔다. 그 모양이 흡사 누워 있는 인디오가 눈물을 흘리는 모양과 같아 보였다.

홍석은 손가락으로 사진을 가리키며 말했다.

"이보게, 꼭 인디언의 눈물 같네그려."

"자네, 여태 그걸 보고 있었나? 그래서 내 에메랄드 광산을 '라 그리마스 델 인디오', 즉 인디언의 눈물이라고도 부른다네. 그러고 보니 자네, 사물을 보는 눈이 대단하네그려."

홍석은 고개를 크게 끄덕였다.

"인디언의 눈물이라! 슬픈 이름이군."

나초는 파이프 담배를 피워 물었다.

"낭만적인 말을 하는군, 자네답지 않게."

"낭만적이라……, 글쎄."

홍석의 표정은 외롭고 쓸쓸해 보였다.


나초는 홍석이 자신을 찾은 이유를 말하지 않아도 알고 있었다.

홍석은 몹시 외로울 때 나초를 찾았다. 나초를 바라보고 있으면 홍석은 얼마쯤 외로움이 가시곤 했다. 나초는 강한 지도자의 외로움을 알고 있었다. 에메랄드 광산을 지키는 일도, 에메랄드를 파는 일도 목숨을 거는 일이었다. 강한 자만이 살아남을 수 있기 때문이다. 둘 사이엔 침묵이 흘렀다. 그러나 백 마디 말보다 서로 마주보는 눈으로 그들은 대화하고 있었다.

"소니야는 잘 있나?"

나초가 먼저 말문을 열었다.

소니야에 대한 홍석의 감정을 알고 있기 때문이었다.

"자네, 언제까지 결혼하지 않고 그대로 독신으로 있으려나?"

"결혼?"

홍석은 웃었다.

"내가 어떻게 가정을 가질 수 있겠나? 잘 알면서. 나의 개인적인 행복은 한국전쟁 때 내 어머니가 돌아가신 날, 나도 함께 죽었다고 생각하며 살아왔네."

말하는 홍석의 눈가에 이슬이 맺혔다. 갑자기 견딜 수 없이 엄마가 그리웠다. 홍석은 나초에게 눈물을 보이지 않으려고 의자를 돌려 창 밖을 보며 말했다.

"얼마 전에 내 고국에서 온 친구를 만났네. 자네도 알 거야, 태권도 사범인 최기원이라고. 그 친구, 처음 만나는 순간, 형제처럼 느껴졌네. 자네도 잘 기억해 두게, 내 형제를……."

기원은 홍석을 만나고 난 뒤부터, 등이 따뜻하고 든든했다. 홍석을 만나지 않아도 홍석이 자신을 지켜보고 있을 것이라는 확신 때문이었다. 그러나 하루 일과가 끝나고 태권도를 배우는 제자들이 다 돌아가고 난 뒤, 태권도 도장 문을 닫고 숙소로 돌아오는 길은 얼마나 외로운지…….

보고타는 적도 아래에 있다. 그래서 해가 떨어지면 순식간에 어둠이 찾아왔다.

기원은 보고타 고지대에 있는 아파트에 세들어 살고 있었다. 그는 텅 빈 아파트에 곧바로 들어가기가 싫어서 젊은이들의 거리로 방향을 돌렸다. 디스코텍과 술집들이 즐비한 거리에는 젊은 연인들이 서로 끌어안고 키스하는 장면이 무척 자연스러웠다. 기원의 젊은 피가 끓었다.

그는 저녁을 먹으려고 교포가 운영하는 〈한국관〉으로 갔다. 주인이 반가워했다. 그가 비빔밥을 한 그릇 시켜서 먹고 있는데, 거리에서 젊은이들의 싸움 소리가 나더니, 이내 총소리가 들려왔다. 그리고 경찰차의 싸이렌 소리가 들리더니, 언제 총격전이 있었느냐 할 정도로 잠잠해졌다. 콜롬비아에서 이런 일은 보통으로 일어나고 있었다. 거의 대부분이 무기를 소지하고 있기 때문이었다.

〈한국관〉의 주인은 스페인어학과 유학생으로 이 땅에 왔다가 콜롬비아의 자연과 인심에 매료되어 그대로 눌러앉아 살고 있는 사람이었다.

"내가 유학 와서 공부하던 시절의 콜롬비아 사람들은 무척 양순하고 착했는데, 그리고 총이 있어도 함부로 쏘지 않았는데……, 미국의 영향을 받은 멕시코 젊은이들의 영향을 많이 받았어. 그리고 미국의 갱(gang) 영화 때문이기도 하구. 나도 이제 이 땅이 싫어졌어. 할 수만 있다면 고국으로 돌아가고 싶네."

그는 오랜 이민 생활에 지쳐 있는 것처럼 보였다.

기원이 둘러보아도 외로움뿐이었다. 젊은 날, 꿈을 안고 먼 이국땅, 콜롬비아까지 와서 자신의 젊음을 불태우고 있었지만, '과연 그의 선택이 옳았는가?' 하는 회의가 가끔 들곤 했다.

콜롬비아는 여인과 꽃이 많은 나라였다. 네덜란드 다음으로 꽃수출국 세계 2위일 정도로 꽃이 많은 나라이다. 특히 보고타 거리마다 서 있는 가로수에는 크고 짙은 보라색 꽃이 커다란 나뭇가지에 조화처럼 주렁주렁 매달려 있었다. 그러나 꽃은 아름다운데 향기가 없었다. 이 꽃을 보면 왠지 콜롬비아 여인들이 연상됐다. 화려하지도 않고 그렇다고 소박하지도 않으면서 묘한 느낌의 육감적이면서도 강한 생명력을 느끼게 하는 꽃.

콜롬비아 여인들은 아름다우면서도 향기가 없었다. 이 보라색 큰 꽃처럼 여인(女人)들의 커다란 엉덩이와 가슴은 기원을 질리게 했다. 한국 여인은 화려하지도 않고 육감적이지도 않지만, 다소곳한 아름다움과 향기가 있었다.

기원은 갑자기 미치도록 정선혜가 보고 싶었다. 이른 초봄의 날씨보다 더 쌀쌀했던 그녀의 말과 표정 때문에, 아니 그녀에 대한 오기 때문에 콜롬비아까지 오게 되었지만, 두 번 다시는 생각하지

않겠다고 고개를 돌려 버린 그녀였지만, 오늘은 유독 그녀가 보고
싶었다.

'남자가 그렇게 할 일이 없어요? 공부를 하든, 운동을 하든, 아
무튼 장래를 계획하는 일을 해야 되는 거 아녜요? 이제 겨우 입학
한 신입생 주제에 여자 꽁무니만 쫓아다니게. 내가 그렇게 우습게
보여요?'

그녀가 뱉어 놓은 가시 같은 말들도 오늘은 그리웠다.
기원이 홍석을 만나고 난 뒤, 소니야가 그의 도장을 찾아와서
태권도를 배우겠다고 했다. 아마 홍석이 보낸 것 같았다.
소니야는 태권도를 배우면서 기원에게 묘한 눈길을 보내곤 했
다. 그러나 기원은 모르는 척 엄격한 사범 노릇만 했다. 소니야는
아름다웠다. 외모뿐만 아니라 홍석과 더불어 군대 같은 게릴라 조
직에서 철저한 훈련을 받은, 절도 있고 지적인 아름다움이 있는
여자였다. 홍석이 좋아하는 여자만 아니었다면, 또한 그녀가 게릴
라 대원이 아니었다면 아마 기원도 마음이 움직였을 것이다. 그러
나 기원은 선을 그었다. 그녀는 자신의 제자이며, 자신이 마음속
으로 형이라 생각하는 분의 누이였다. 기원은 그녀를 누이 같은
여인으로 대하기로 결정했다.
소니야도 기원의 자신에 대한 감정을 눈치챘는지, 더 이상은 내
색을 하지 않고 열심히 태권도만 배웠다.
홍석은 그런 그녀의 마음을 눈치챘으나, 모르는 척하고 다시 대

학 정치학과에 편입시켰다. 그녀는 이미 그 대학에서 역사학을 전공했다. 그녀는 특히 스페인과 미국 역사, 식민지사를 전공했다. 소니야는 스페인어는 물론 영어, 불어, 일본어에도 능통했다. 홍석은 소니야에게 거는 꿈이 있었다. 자신은 어차피 한국인이기 때문에, 소니야를 지도자 재목으로 훈련시키고 싶었다. 그런 홍석의 마음을 소니야 자신은 물론, 아무도 눈치채지 못했다. 그는 소니야에 대한 사랑을 그렇게 가꾸어 나갔다.

비단 소니야 뿐만 아니라, 홍석은 여건이 허락되는 대로 그의 당원들에게 공부를 시켰다. 정치, 경제, 역사 등 모든 분야에서 전문가보다 더 우수한 인재들로 만들었다. 그렇게 할 수 있는 뒷배경에는 에메랄드 광산주인 나초의 숨은 공이 컸다. 나초는 에메랄드의 거래에서는 분명하고 엄격했으나, 홍석의 교육열에는 같은 뜻을 갖고 도와주었다. 물론 홍석의 부하들도 보이지 않게 나초를 보호해 주었다.

"자네는 그 당을 이끌고 종합대학이나 세우게."

나초의 농담이었다. 이런 농담을 들을 정도로 당원들에 대한 홍석의 교육열은 대단했다. 교육을 받지 않으면 단순한 폭도들과 별차이가 없다고 생각하는 그였다.

# 4

　11월은 콜롬비아의 우기가 시작되는 달이었다. 해가 질 때 퍼붓 듯이 쏟아지는 빗줄기가 밤이 되면 더욱 춥고 스산하게 했다.

　11월의 둘째 금요일, 기원은 메리 부인으로부터 초대를 받았다. '라카르타' 라는 멤버십 클럽으로, 콜롬비아에서 제일 오래되고 최고의 상류사회 멤버로 구성된 전통 있는 클럽이었다. 이 클럽의 입회 자격은, 아무리 돈이 많이 있어도 소용이 없고, 오랜 전통과 품격이 갖추어진 집안으로 회원 전원이 만장일치로 찬성해야만 가능했다. 그러니까 몇몇 상류계층 외에는 절대로 이 멤버로의 입 회가 불가능했다.

　초대받은 그날은 모처럼 날씨가 화창했다. 클럽 안의 골프 코스 는 잘 깎은 부드러운 잔디밭으로 쭉 펼쳐져 있었다.

　기원은 메리 부인과 18홀을 돌았다. 그는 골프를 칠 기회가 별 로 없었다. 그러나 운동감각이 뛰어난 그는 몇 번을 치더니, 부인에게 크게 실례가 될 정도는 아니었다.

메리 부인은 60대에 가까운 나이였지만 평생 해왔던 운동이라, 무척 세련된 폼이었다. 골프를 잘 치려고 애를 쓰는 것이 아니라, 기원과 대화하면서 한가롭게 툭툭 치는 모습이 무척 자연스럽고 여유 있어 보였다.

기원은 잘 치지 못하는 골프인 데다, 긴장한 탓인지 이마에 땀이 배어나왔다. 메리 부인은 아들 같은 기원에게 골프 자세도 고쳐주고, 기원의 이마에 흐르는 땀을 자신의 손수건으로 닦아주었다. 손수건에서 메리 부인처럼 진하면서도 고급스러운 향수 냄새가 기원의 코끝에 전해져 왔다.

기원은 그녀의 지나친 친절이 부담스럽기도 했지만, 한편으론 그녀의 호의가 싫지 않았다. 보고타에서 그녀는 자신의 든든한 후견자였다.

그들은 운동을 끝내고 수증기식 사우나실에서 피로를 풀었다. 뿌옇고 뜨거운 수증기 속에서의 사우나는 타국에서의 고달픔을 잠시나마 잊게 해주었다. 기원은 수증기 속에서 자신의 발가벗은 몸을 뿌연 거울 속에 비쳐보았다. 터질 것 같은 단단한 몸이었다. 그는 자신의 몸을 부드럽게 애무했다.

각자 사우나에서 나온 그들은 클럽 안에 있는 최고급 레스토랑에 마주앉았다. 흰머리가 희끗희끗한 웨이터 네스트로가 그녀를 보자 정중하게 인사를 했다.

"안녕, 네스트로."

"예, 마담, 어서 오십시오."

그녀는 백포도주를 시키고 나서 식사를 시켰다. 네스트로는 능숙한 솜씨로 서빙했다. 마치 이 직업이 천직인 것처럼…….

"네스트로는 내가 처녀였을 때부터 여기에서 일하고 있었어요. 그땐 네스트로도 열일곱 살 정도였죠. 반 백이 된 네스트로를 보고 있노라면, '내 인생도 벌써 황혼이구나!' 하고 나 자신을 돌아보게 되요. '어느새 이렇게 나이를 먹었나?' 하구요. 인생은 정말 눈 깜짝할 사이예요."

그렇게 말하는 그녀의 눈은 우수에 차 있었다. 그녀의 표정은 몹시 부느러웠고 고급 언어를 사용해서 음악처럼 듣기 좋았다.

"마스터 최가 부러워요. 아니 마스터 최의 젊음이 부러워요. 나도 마스터 최의 나이엔 태산도 들어옮길 수 있는 패기와 용기가 있었죠. 뭐든 자신이 있었어요. 그런데 이젠 틀렸어요. 무엇에도 자신이 없어요."

"제가 알기로는 무엇 하나 부러운 것 없으신 분이잖습니까? 콜롬비아에서 독자가 제일 많은 신문사를 갖고 계시고 방송국도 갖고 계신, 콜롬비아에서 다섯 손가락 안에 들어가는 명문가이시라고 들었습니다."

"글쎄요. 돈, 명예, 명문가라는 것이 사람의 짧은 생(生)에 그렇게 중요한 것일까요?"

그녀는 기원의 눈을 빤히 들여다보며 말했다. 기원은 그녀의 푸념이 배부른 여자의 푸념 같았다.


기원은 홍석과 그의 양부모인 후안 상사의 가족들이 살았다는 곳을 잘 알고 있었다. 보고타 시(市)의 달동네인 과짜마자 마을은 일명 '솔개마을'이라고도 부르는 곳으로, 같은 보고타 시인데도 도로포장이 되어 있지 않아 비만 오면 발이 빠졌다. 홍석의 양어머니인 루이사가 고지대로 파출부 일을 가려면 새벽 4시에 일어나서 찬 우물물에 머리를 감고 장화를 신고 진흙탕을 걸어내려와서, 간신히 올라탄 버스 안에서 구두를 갈아 신고 고지대 상류층 집에 출근하곤 했었다.

그것도 퇴근할 때는 몸수색까지 당하는, 인간으로서는 차마 견딜 수 없는 모욕을 당하며 살아가는 사람들이 메리 부인의 말을 들었으면 호강에 빠져 헛소리한다고 할 것이었다.

같은 보고타 시에는 달동네가 한두 곳이 아니었다. 산프란시스코라는 곳은 보고타 시의 쓰레기 하치장이 있는 곳이었고, 우스메 지역은 비포장에다 철거민들이 집단으로 모여 사는 동네로써 M·19 게릴라들의 출몰 지역이었다. 밤만 되면 경찰서는 폐쇄되고 치외법권 지역이 되었다. 또한 산타페는 넝마주이 거리로 낮에도 칼부림이 나는 곳으로 택시도 안 가겠다는 지역이었다. 아마 메리 부인은 상상도 하지 못할 것이다.

세 평도 안되는 공간에 돈이 생기면 블록으로 한 장씩 쌓아올려서 하늘이 보이는 방, 개집인지 사람이 사는 집인지 구별이 되지 않을 정도의 산동네를 부인은 상상도 하지 못할 것이었다. 이렇게 빈부의 차이가 극심하니, 도시 게릴라들의 온상이 될 수밖에 없는 현실을…….

메리 부인은 크리스탈 와인잔을 기원의 잔에 부딪쳤다. 맑고 투명한 소리가 났다.

그가 앉은 테이블 옆, 창 너머에는 아름다운 호수가 있었다. 기원이 아름다운 호수를 바라보노라니 호수 건너의 빈민촌이 눈에 들어왔다. 묘한 대비였다. 최고의 멤버십 클럽의 호수 너머에는 빈민들이 사는 주택들이 다닥다닥 붙어 있었다.

호수 너머 빈민들은 아무리 발버둥을 쳐도 저 호수를 건너서 이 레스토랑에 앉을 수 없는 것이 이 콜롬비아 사회의 현실이었다.

"마스터 최, 뭘 그렇게 보고 계세요?"

"호수 건너편의 마을을 봅니다."

메리 부인은 기원을 뚫어져라 바라보았다. 작은 키였지만, 단단하게 균형 잡힌 몸매 하며 똑바로 앉은 자세에서 자신감이 넘쳐 흘렀다. 그녀는 TV에서 태권도 시범을 하는 그의 모습을 즐겨 봤다. 그의 동작은 무서운 파괴력이 있었다. 그 순간, 그의 눈빛은 차갑도록 날카로운 맹수의 눈이 되었다. 그러나 그녀 앞에 앉아 있는 그의 표정과 눈은 어린 소년처럼 맑고 아름다웠다.

간혹 웃을 때, 이빨이 하얗게 드러나며 천진한 웃음을 웃었다. 그녀는 지금처럼 소년같이 웃는 그의 모습도 좋아했지만, 시합 때의 그의 모습을 더욱 사랑했다. 목표물을 향해 노려보는 그의 눈빛은 그녀의 온몸의 신경에 긴장과 자극을 주었다.

그녀는 이 청년을 가질 수만 있다면, 아니 이 청년과 같은 시대로 돌아갈 수만 있다면, 그녀가 갖고 있는 모든 것(재산, 명예, 가문)과 바꿀 수 있을 것 같았다.

메리 부인에게 불타는 청춘은 없었다. 늘 만나는 같은 부류의 예의 바른 상류층 자녀들과 식사를 하고 파티를 했을 뿐이었다. 별로 새로울 것이 없는 날들이었다. 비슷한 집안끼리 결혼을 하고 아이를 낳고 또한 사업을 하며 부모가 물려준 재산을 더욱 늘려가는 데 젊음을 바쳤다. 그렇게 살아가는 데 별 불만이 없었던 그녀였다. 그러나 젊고 남자다운 신선한 젊은이, 최기원을 만나고 나서부터 그녀는 자신이 살아온 삶이 너무 진부했었다는 생각이 새삼 들었다.

5

소니야는 강의가 끝난 오후, 대학 캠퍼스 벤치에 앉아 있었다. 고개를 들어 하늘을 올려다보았다. 짙은 바다색 같은 쪽빛이었다. 구름 한 점 없는 맑은 하늘을 바라보며 그녀는 슬펐다.

'이렇게 하늘을 쳐다본 적이 언제였던가!'

그녀는 두 손으로 자신의 젖가슴을 껴안았다. 그녀의 앞가슴은 터질 듯이 탄력이 있었고, 그녀의 손이 가슴에 닿자, 온몸 구석구석에서 전율이 일어났다.

소니야는 그동안 자신이 성숙한 처녀라는 것을, 아니 여자라는 것을 잊고 살았다. 그녀의 행복은 그녀 가족(루이사와 후안)들의 불행한 죽음으로 끝이 나 버렸다. 그녀의 불행한 가족사는 콜롬비아 대다수 국민들이 겪는 가족사와 비슷했다.

"소니야, 뭘 그렇게 생각하고 있니?"

소니야가 소리 나는 곳으로 고개를 돌리자, 눈앞에 마리야가 서 있었다.

"마리야……!"

마리야의 뒤엔 경호원들로 보이는 사내 둘이 눈을 빛내며 그녀의 주위를 경계하고 있었다.

마리야는 소니야와 같은 대학 정치학과에 다니고 있었다.

이 대학은 콜롬비아 사립대학의 명문이었다. 마리야는 미국의 하버드나 옥스퍼드에 입학하라는 부모들의 강요가 있었으나, 그녀의 의지로 로스 안데스대학에 다니고 있었다. 그러나 그녀도 다른 젊은이들처럼 자유분방한 젊은 시절을 보내지는 못하고 있었다. 그녀는 잠자는 시간을 제외하고는 모든 시간을 경호원들의 보호 속에 지내고 있기 때문이었다.

마리야의 부모는 유선방송과 커피 상권을 갖고 있는 부자였다. 이 집안은 대통령을 만드는 집안으로서 콜롬비아에서 몇 번째 안가는 명문가였다. 마리야는 부잣집 규수답게 갈색머리에 푸른 눈을 가진 아가씨였다. 그녀의 조상은 물론 스페인계였고, 어머니는 미국계였다. 그래서 그녀가 사용하는 언어도 품위가 있었고, 귀티가 나는 처녀였다.

"소니야."

"으응, 하늘을 보고 있었어."

"하늘은 왜?"

"아름다워. 이렇게 하늘이 아름다운 줄은 미처 몰랐어."

"내 눈엔 매일 똑같은 하늘인데, 근데 소니야……?"

"왜?"

"난, 너를 보면 묘한 느낌이 들어."

"어떤 느낌?"

"글쎄, 뭐라고 꼭 집어 말할 수는 없어도 보통 아이들과는 달라. 뭔가 비밀이 많은 사람 같기도 하고 카리스마가 있어. 아무튼 특별해. 넌, 아주 특별한 여자야."

"그래? 마리야가 특별하잖아."

그녀는 밝게 웃으며 어깨를 으쓱대며 말했다.

"난, 내 환경 때문에 그렇게 보이지만 넌, 달라."

그녀는 경호원들이 신경 쓰이는지, 돌아서며 말했다.

"나, 간다."

손을 흔들며 실크 원피스 자락을 펄럭이며 자동차에 올라탔다. 경호원들이 탄 차가 그녀의 차 뒤를 바짝 뒤쫓았다.

마리야가 떠난 뒤, 소니야는 더욱더 외로웠다. 비슷한 또래의 처녀들인데도 전혀 다른 세계에서 살고 있었다.


'넌, 보통 아이들과는 달라. 뭔가 비밀이 많은 사람 같기도 하고 카리스마가 있어. 아무튼 특별해. 넌, 아주 특별한 여자야.'


소니야는 마리야의 예리함에 놀랐다.

그녀는 저쪽 숲에서 소리가 나는 곳을 바라보다가 얼굴을 붉혔다. 두 연인이 벤치에서 끌어안고 키스를 하며 서로 애무하고 있었다. 이런 풍경은 콜롬비아 어디에서나 볼 수 있는 그림이라서 특별히 놀랄 것은 없었지만, 오늘따라 그녀의 몸이 뜨거워졌다.

그녀는 태권도 사범인 최기워을 생각했다. 그의 작고 단단한 몸집과 빛나는 눈, 그리고 사범으로서의 철저하고 엄격한 태도. 그녀는 또한 그녀의 형제인 홍석을 생각했다. 홍석을 생각하면 그녀의 가슴은 찢어질 듯 통증이 왔다.

한국이라는 머나먼 나라에서 후안 상사의 배낭 속에 넣어져서 먼 이국 땅까지 온 아이. 친부모의 얼굴도 모르고, 그녀의 불행한 가족사에 휩쓸려 불행한 어린 시절을 함께 보낸 사람. 한번도 그녀의 곁을 떠나지 않고 그녀를 지킨 사람. 안데스 산맥의 표범처럼 이 산, 저 산으로 뛰어다니며 자신의 행복은 돌아보지 않는 정의로운 사나이. 그녀는 홍석을 생각하며 자신도 모르게 볼에 눈물이 흘러내렸다.

그녀가 앉아 있는 주위엔 숲이 울창했다. 콜롬비아는 땅이 기름지고 비옥해서 어떤 나무든지 잘 자랐다. 파파야, 망고, 바나나 등 모든 식물들이 잘 자랐고 자원이 풍족한 나라였다. 꽃 수출은 세계 시장의 2위를 차지할 정도로 꽃이 크고 아름다운 색을 자랑하고 있었고, 해발 1,300~2,000m의 안데스 산간 지방에서 재배되는 커피의 질은 세계 제일이었다. 또한 땅속에는 무한한 보물들이 잠자고 있었다.

금·은·백금·철·석탄·석유 등의 지하자원이 무한대로 파묻혀 있으며, 특히 에메랄드는 세계 시장의 거의 대부분이 콜롬비아산일 정도로 매장량이 풍부했다. 백금은 잉카시대에 이미 채굴, 제련되었으며 러시아와 함께 세계 굴지의 생산국이었다.

'그런데 왜, 우리는 이렇게 삶이 힘들까……?'

이 땅은 신이 주신 축복된 땅이었다. 그런데 대부분의 많은 사람들이 인간으로서 누려야 할 최소한의 삶도 누리지 못하고 짐승처럼 살고 있는 현실을 그녀는 생각해본다.

'대체 무엇이 우리를 이렇게 만들었나……?'

소니야는 그동안 홍석을 포힘한 대원들과 함께 이 산재, 저 산채를 옮겨 다니면서 사내들과 똑같이 강한 훈련을 받아왔다. 그녀 자신이 여자라는 사실도 잊어버린 채……. 그런데 오늘 새삼 자신도 피가 뜨거운 여자라는 사실을 깨달았다. 그러나 그녀는 곧 머리를 흔들었다.

홍석이 했던 말이 떠올랐기 때문이다.

'내 개인적인 행복은 한국전쟁 때 내 어머니가 돌아가신 날 나도 함께 죽었고, 콜롬비아에선 내게 사랑을 주신 양아버지 후안 상사의 불행한 죽음이 나에게 이 길을 가게 만들었어. 나에게는 사랑도 결혼도 사치일 뿐이고, 오직 나를 강하게 길러주신 호세 사령관의 이념인, 가난하고 힘없는 민중의 편에서 일한다는 한 가지 일념뿐이다.'

홍석은 소니야에게 가혹할 정도로 힘든 임무를 맡길 때가 가끔 있었다.

"대장, 소니야에게는 너무 힘든 임무가 아닐까요?"

홍석은 그렇게 말하는 안토니오를 힐끗 쳐다보았다. 그 눈빛이 번쩍거렸다.

"지금, 여자라고 봐주자는 거야? 한순간의 잘못된 판단으로 조직이 무너지게 되고 많은 희생이 따른다는 것을 몰라서 하는 말이야? 한 치의 실수라도 있으면 우리 당이 전부 무너진다는 것을 잊지 말아!"

홍석은 낮은 목소리로 말했다. 그렇지만 그의 목소리에는 알 수 없는 힘이 있었다. 안토니오는 고개를 숙였다. 대장의 깊은 뜻을 알았기 때문이었다.

소니야는 홍석이 자신에게 이토록 혹독한 훈련을 시키는 것은 언젠가는 그녀의 곁을 떠나려고 준비하는 것이 아닌가 하고 생각할 때가 있었다. 그녀는 홍석이 없는 삶을 생각할 수가 없었다. 그녀에게 홍석은 이성으로 느껴지기보다는 동지이며, 그녀의 정신적인 지도자였다.

그러나 요즈음 들어 왠지 그녀는 문득문득 불안할 때가 있었다.

그가 어느 날 불쑥 그녀의 곁을 떠날 것 같은 불안감은 어째서일까……?

# 6

한편 홍석은 산채에서 당원들과 함께 고된 훈련을 마치고 약 한 달만에 보고타로 내려왔다. 보고타에 어둠이 내리자 불빛이 찬란한 북쪽지대(부자들과 각국의 대사관들이 모여 있는)의 한복판에 있는 한국식 레스토랑 〈비원〉의 뒷문으로 그는 재빠르게 스며들어갔다. 어두운 복도를 지나 지하로 거침없이 내려간 그는 어느 방으로 들어갔다.

화장대 앞에서 화장을 하고 있던 진숙이 반색을 하며 그를 반갑게 맞이했다.

그녀는 이 〈비원〉의 여주인이었다.

격조 있는 한국식 정원을 꾸며 놓고 음식도 한국의 궁중요리처럼 정갈하게 차리기 때문에 콜롬비아 정부의 요인들이나 각국 대사들의 단골집이 되었다. 진숙은 자신도 모르게 이 보고타 사교계에서 유명해져 있었다.

진숙은 〈비원〉에서 거의 대부분의 시간에 한복을 입었다. 그녀의 한복 차림은 〈비원〉의 상징이 되었다. 그렇다고 화려한 한복 차림은 아니었다. 여름에는 모시적삼에 비취색이나 보라색 쑥고사 치마를 받쳐 입었고, 겨울에는 보라색 치마에 흰 비단 저고리를 즐겨 입어 무척 품위가 있었다.

"송사장은 〈비원〉하고 결혼했어요? 남자가 그립지 않으세요?"

간혹, 주콜롬비아 외국대사들이나 한국 상사의 지사장들이 농담처럼 놀려도 그녀는 그냥 가벼운 미소만 지었다.

그녀는 베일에 싸인 여인이었다. 아무도 그녀의 과거나 사생활을 아는 사람이 없었다. 그런 그녀가 해바라기처럼 바라보는 사람은 오직 홍석밖에 없었다.


〈비원〉은 홍석의 비밀 아지트였다.

정부 요인들이나 외국 대사들이 오는 〈비원〉에 홍석은 거침없이 들락거렸다. 〈비원〉은 홍석에게 중요한 정보를 제공해 주는 곳이기도 했다.

그들은 좌익 게릴라 대장이 그들이 제일 안전하다고 생각하는 북쪽지대 중에서도 가장 안전한 장소인 〈비원〉에 오리라고는 상상도 하지 못했다.

그녀는 한 달만에 찾아온 홍석을 위해 목욕물을 받아 놓고, 홍석이 목욕 후 갈아입을 속옷과 가운을 준비했다. 그녀는 카운터에 전화해서 오늘은 어떤 손님이 와도 자신을 부르지 말라는 엄명을 내렸다.

그녀는 오늘을 기다리며 한 달을 버텨왔다. 지하방에 붙은 부엌에서 그를 위해 손수 저녁상을 차렸다. 간단하지만 그가 오면 바로 요리를 할 수 있게 준비해 두었다.

그들은 밥상을 가운데 두고 서로 마주앉았다. 그녀는 그에게 술을 청했다.

"나두 한잔 주세요."

그녀는 그에게 아무에게도 보여주지 않았던 애교를 부렸다. 홍석은 그녀의 잔에 술을 부었다. 그는 진숙의 마음을 잘 알고 있었다. 그녀에게는 자신밖에 없다는 것을……. 그러나 그는 모르는 척했다.

그는 거칠었던 산 생활에서 이곳으로 돌아오면 무척 편안했다. 그녀는 그에게 무척 편안한 여자였다. 마치 조강지처처럼 언제든 그가 돌아오면 맞이할 준비가 되어 있는 그런 여자였다.

그들은 오랜만에 만난 연인들처럼, 아니 부부처럼 서로를 탐했다. 그는 힘주어 여자를 안았다. 홍석은 여자 속에 들어가면서 마치 어머니의 자궁 속처럼 익숙하고 편안했다. 그녀 속에서 그는 마치 안데스 산의 표범처럼 이 산, 저 산으로 뛰어다니던 힘들고 고달팠던 피로감이 온몸 구석구석으로부터 빠져나가는 것을 느꼈다. 여자도 홍석의 단단한 가슴 안에서 한 마리의 암컷이 되어 있을 뿐이었다.

그들은 외로웠던 만큼 더욱 뜨겁게 서로를 원했다. 진숙은 그의 품으로 더욱 깊게 파고 들었다. 홍석도 진숙을 으스러지도록 끌어안았다. 그러나 진숙은 마지막 절정의 순간에도 그녀에게 사랑한다는 말을 하지 않는 홍석 때문에, 그의 품안에서도 외로웠다.

그녀는 그를 이해했다. 그가 언제, 어떻게 될지 모르는 입장이라 그녀에게 마음 놓고 정을 표현하지 않는다는 것을 이해는 했지만, 그러나 그녀는 쓸쓸했다. 그는 지독한 남자였다. 그러나 그녀는 그를 사랑했다. 그녀는 그의 온몸에서 뿜어 나오는 고독과 그녀를 바라보는 눈을 사랑했다. 그리고 그녀는 이루어질 수 없는 꿈을 꾸고 있었다.

그가 살아있는 동안은 절대로 자신을 버리지 않을 것이라는 믿음을……

홍석은 이 여인에게서 어머니를 느꼈다. 진숙의 품안에 있으면 엄마 품처럼 따뜻했다. 그는 진숙의 가슴을 만지기를 좋아했다. 어머니의 가슴도 이랬을까? 진숙도 그가 자기 가슴을 애무하는 것을 좋아했다. 가슴은 그녀에게 제일 빠른 성감대였다. 곧바로 아래로 신호가 온다.

홍석은 진숙과 함께 자는 날에는 이상하게도 꿈을 꾸었다. 그리고 꿈속에서 어머니를 만났다. 그의 기억 속에 각인된, 피투성이로 죽어간 어머니의 모습이 아니고 웃을 듯 말 듯 흰 치마 저고리를 입은 애잔한 모습의 어머니였다. 이 콜롬비아 어디에 가도 그런 여인의 모습은 찾아볼 수가 없는 처연한 아름다움이었다.

어머니는 안개 속에 희미하게 나타나셨다가 금방 사라졌다.

"엄마!"

홍석은 소리쳐 불렀으나 어머니는 우는 듯한 미소를 띤 얼굴로 사라지곤 했다.

어머니를 부르다 잠이 깬 홍석의 베갯머리엔 흥건하게 눈물이 젖어 있었다. 진숙은 그런 그를 아기처럼 품안에 꼭 안아줬다. 진숙은 그를 연민의 정(情)으로 바라봤다. 어찌 보면 이 연민의 정이야말로 그를 향한 진정한 사랑이 아닌가 하고 그녀는 생각했다.

홍석은 언젠가는 한국에 돌아갈 생각이었다. 어머니가 돌아가신 곳에도 가보고 어디에 흩어져 있는지도 모르는 어머니의 유골도 수습해야겠다고 생각했다.

어머니가 꿈에 나타나는 날엔, 홍석은 자신의 마음을 가눌 수가 없어서 앙이비지 후안을 찾아갔다.

보고타 시내에 있는 공동묘지 안에는 죽은 자들에게도 신분의 차이가 있었다. 부자와 빈자의 묘지가 살아있는 자들의 차이만큼이나 각양각색이었다. 한 뼘 정도의 벽에 서랍처럼 층층이 망자들의 이름이 쓰여져 있는 무덤이 있는가 하면, 유명한 정치가들이나 부자들은 묘지 한복판에 널따랗게 대리석으로 조각을 해서 치장한 무덤들도 있었다. 세상살이만큼이나 여러 형태의 대리석 조각을 한 무덤들이었다.

홍석은 작은 서랍처럼 된 후안 상사의 무덤 앞에 들고 왔던 꽃을 꽂았다.

"파파, 제가 왔어요. 자주 찾아뵙지 못해 죄송해요. 파파에게 많은 사랑을 받은 저는 한번도 파파를 잊어본 적이 없어요. 파파, 소니야가 훌륭하게 자랐어요. 여자지만 리더십이 있는 지도자 재목이에요. 제가 이 땅을 떠나기 전까지 소니야를 보호할 겁니다. 파파, 요즈음 꿈속에서 돌아가신 제 엄마를 만나곤 합니다. 저를 제 고국인 한국으로 부르시는 것 같아요. 제 임무가 끝나는 날, 모든 걸 소니야에게 맡기고 어머니의 땅으로 돌아갈까 합니다. 파파, 도와주세요. 저와 소니야가 하는 일을요……."

홍석은 콜롬비아 병사인 후안 상사의 자신에 대한 넓은 사랑과 국경을 뛰어넘은 인간애를 생각하며 눈시울이 뜨거워졌다.

오후 석양이 질 무렵, 공동묘지는 음산했다.

차가운 대리석 석물들만이 웅크리고 있는 이곳을 뒤로하고 홍석이 나오니, 묘지의 수위가 가끔 찾아오는 홍석을 알아보고는 인사를 했다. 홍석이 나오자 시간이 다 되었는지, 홍석의 등뒤로 철커덕 하고 철문이 잠겼다.

게릴라는 스페인어로 '작은 전쟁'이라는 뜻이다. 영국 웰링턴 공작의 이베리아 원정 때, 그를 도와서 프랑스군을 격퇴하는 데 공을 세운 스페인·포르투갈의 비정규군을 '게리예로스'라고 부르는 데서 비롯되었다.

게릴라는 아군이 정규전에서 적을 격파하기에 충분한 힘을 기르기까지 최대한 시간을 끌면서 전선을 넘나들며 변화무쌍한 전술로 적을 끊임없이 괴롭히는 것을 목적으로 했다.

홍석의 제2의 조국인 콜롬비아는 스스로의 개혁이 동반되지 않은, 150여 년에 이르는 자유·보수 정당의 기득권 세력이 민중의 지지 획득에 실패하고 사실상 전 국토의 1/3 이상의 지역에서 통치권을 상실하여, 외세의 개입만이 기득권 유지를 위한 전제 조건이 될 상황에 이르렀다. 또한 폐쇄경제로 모든 수입이 금지되어 왔으며, 정치권과 결탁한 일부 기업만이 독과점 시장을 독점했었다.

이와 같은 정치권의 부패와 일부 공직자들과 기업인들의 비윤리성으로 나라는 점점 더 빈부의 격차가 심해지고 심지어는 중산층이 없어졌다. 극히 소수(전국빈의 5퍼센트)의 부유층과 대다수(전국민의 95퍼센트)의 빈민(국민)들, 즉 극심한 양극화 현상이 게릴라의 온상이 되었다고 할 수 있었다. 그렇기 때문에 M·19 게릴라들은 국민들의 지지를 받고 있었다. 그만큼 다수의 국민들은 기존 제도권의 정부를 믿지 못하고 있었다. 그 가운데서도 특히 홍석이 이끄는 당은 호세 사령관의 유지를 받든 홍석의 인간애가 바탕이 되어 있는 게릴라 당이었다.

홍석은 소니야와 함께 소년 때부터 호세 사령관의 손에서 교육을 받았다. 대학 교육은 물론, 게릴라 대장으로서 갖추어야 할 조직력, 체력, 대의를 위해 자신을 던질 수 있는 정의감, 강력한 리더십을 배운 엘리트였다.

호세 사령관이 대법원 건물에서 군부의 탱크에 깔려 그들 곁을 떠난 뒤, 홍석이 그 뒤를 이어받은 것은 홍석의 나이 28세 때였었다. 한 조직을 이끌어가기에는 어린 나이였으나, 그는 사령관의 역할을 충실히 해냈다. 일찍이 호세 사령관이 홍석을 리더로 훈련시킨 탓도 있었지만, 그는 이미 자신을 버릴 줄 아는 지혜와 용기가 있었기 때문에 가능한 일이었다. 그의 조직은 군대조직과 비슷했다. 총사령관 아래에 7개 부서의 비서가 있고, 그 밑으로 각 부서의 부장들로 조직이 치밀하게 짜여져 있었다.

홍석은 당원들의 신뢰와 존경을 받는 사령관이 되었다. 그의 당원들은 그를 대장이라 부르며 믿고 따랐다. 그 또한 당원들에게 믿음을 주며 아끼는 대신, 규칙은 엄격하게 지키게 했다. 또한 그는 어떤 경우에도 민중의 입장에 서서 움직였다. 어린이와 부녀자들은 절대로 다치게 해서는 안되었고 가난하고 약한 자를 보호했다. 그런 그의 당과 당원들에게 국민들은 뜨거운 지지를 보냈다.

그러나 가장 가까운 측근 외에는 홍석의 모습을 아는 당원은 없었다. 그는 자신의 모습을 철저히 베일 속에 가리고, 그의 이슈만을 당원들의 가슴속에 새겨 넣었다.

홍석의 게릴라 당을 모르는 사람들이 없었고, 대다수의 국민들도 그를 '대장'이라는 애칭으로 부르며 친근하게 느꼈으나, 실제로 그의 모습을 본 사람은 아무도 없었다. 사람들은 홍석을 자신들 마음대로 상상했다. 어떤 사람들은 그를 가리켜 키가 9척이나 되고 온갖 무술은 다 할 수 있으며 동에 번쩍, 서에 번쩍, 신출귀몰하는 사람이라고 말하기도 했고, 혹자는 그가 나폴레옹처럼 키는 작은 단구(短軀)이나 용기가 뛰어난 영웅이라고 수군거리기도 했다. 그렇게 자신에 대해서 전설처럼 이야기하는 민중들 사이로 그는 자유롭게 다닐 수 있었다. 그는 따뜻한 눈으로 그들을 바라보며 거리를 활보했다.

　기원은 나초로부터 초대를 받고, 나초가 친히 보낸 승용차에 올라탔다.

　'멜가'라는 별장지대에 있는 나초의 별장으로 가는 길이었다. '멜가'는 해발 500m로 사람이 호흡하기에 가장 편안한 곳으로, 별장이 많은 곳이었다.

　해발 2,700m 지대인 보고타에 오래 있으면 머리가 아프고 몸에 무리가 오기 때문에, 상류사회 사람들은 이 '멜가'에 별장을 지어 놓고 주말에 내려와 쉬곤 하는 곳이었다.

　콜롬비아의 수도인 보고타 시를 벗어나니, 짙은 안개 지역으로 눈앞이 보이질 않았다. 그러나 나초의 운전사는 능숙하게 운전을 잘했다. 보고타에서 약 두 시간이 안 걸려서 '멜가'에 도착했다.

　정문 앞에 차가 도착하니, 대문이 열렸다. 수위실에서 모니터를 보고 열어준 모양이었다. 정문에는 무장한 사병(개인 사병)들이 총을 들고 서 있었다. 차는 미끄러지듯 안으로 들어갔다. 별장 안에는 온갖 나무와 꽃들이 화려하게 피어 있었고, 커다란 망고나무에는 망고 열매들이 주렁주렁 무겁게 달려 있었다. 11월이면 망고가 익는 시기였다. 특히 '씨에떼 꾸에르'라는 보라색 꽃이 크고 탐스럽게 피어 있었다.

　경호원들의 안내로 안으로 들어가니 커다란 풀장이 있었고, 풀장 옆에 초막이 있었다. 초막 아래의 평상 같은 넓은 마루에 앉아 있던 나초가 얼른 목발을 짚으며 일어서서 반갑게 맞이했다.

“어서 오십시오. 마스터 최.”

“초대해 주셔서 감사합니다.”

둘은 뜨겁게 악수했다. 나초와는 홍석의 소개로 나초의 경호원들이 기원의 도장에 다니는 인연으로 가끔씩 기원을 식사에 초대하는 사이였다.

“별장이 너무 아름답습니다.”

“그래요?”

그때까지 술잔을 들고 밀짚모자를 깊이 눌러 쓴 사내가 말했다.

“이 사람아, 인사는 그만하고 앉지.”

기원은 그의 목소리를 듣자, 자신도 모르는 사이에 그의 손을 덥석 잡았다.

“형님!”

홍석은 말없이 기원을 얼싸안았다. 두 사나이는 ‘산안드레시또’ 시장 안에서 처음 만나고, 이번이 두 번째 만남이었다. 그러나 그들은 무수히 많은 인연과 정(情)을 쌓아온 관계인 것 같았다.

기원은 홍석에게 어리광을 부리듯, 그의 등을 힘껏 끌어안았다. 홍석도 사랑하는 육친을 만난 듯 기원을 뜨겁게 안았다.

안에서 술과 안주가 나오자, 나초가 두 사람에게 말했다.

“자, 자. 이산가족이 만났으니 회포를 풀자구. 여기는 안전하니 오늘은 마음껏 마시고 쉬는 거야.”

세 사나이는 마주 바라보며 뜨거운 시선을 주고받았다.

“형님, 인편으로 소식은 듣고 있었지만 이렇게 건강하신 모습을 뵈니, 정말 기쁩니다.”

"나두 자네를 늘 지켜보고 있었네. 훌륭하군! 이 불모지에 와서 자녠 꼬레아(한국)를 소개하는 진정한 외교관이야."

풀장 한 귀퉁이의 커다란 바비큐 통에서 관리인이 연신 쇠고기를 구워왔다.

"콜롬비아 쇠고기는 정말 맛있어요."

"물론이지. 사료를 먹이는 것이 아니라, 진짜로 목초만 먹이기 때문이야. 오늘 이산가족 만났다고 내 소를 한 마리 잡았네. 천천히 실컷들 들게."

역시 나초다웠나.

세 사나이는 정말 오랜만에 자유롭고 편안하게 회포를 풀었다.

"사람들이 자네더러 뭐라고 말하는 줄 아나? 자네를 전설 속에 나오는 인물로 만들고 있어."

"어떻게……?"

"안데스 산맥의 신선이 내려왔다나……?"

"이 사람, 거짓말도 그럴 듯하군."


세 사나이는 오랜만에 마음 놓고 웃었다.

그러던 나초가 심각한 표정으로 홍석을 바라보며 말을 이었다.

"이건 믿을 수 있는 채널인데 말야. 어쩌면 자네를 제도권으로 끌어들이려는 움직임이 있는 것 같아. 만약에 그런 제의가 들어오면 자녠 어떡할 텐가? 자네의 당을 이끌고 물이 고여서 썩어 있는 제도권에 신선한 아이디어로 싸워볼 생각은 없나?"

"글쎄……."

홍석은 말없이 생각에 잠겼다.

"부패한 기존 세력들을 바꿔 많은 다수의 국민들이 좀 더 살기 좋은 사회를 만들자는 것이 자네 당의 이슈 아닌가?"

"글쎄, 예상은 하고 있었네만……."

"자네, 이런 때를 대비해서 자네 당원들을 교육시키고 준비해 오지 않았는가?"

"준비는 하고 있었네만, 군부와 극우파들의 반발이 만만치 않을 거야. 우리가 제도권으로 들어가는 것을 그냥 바라보고만 있지는 않을 걸세."

"그것이 그렇게 두려운가? 자네 같은 사람이……."

"두려워서가 아니야. 체제권 밖에서 싸울 때는 대상이 있지. 그리고 응집력도 있고. 그러나 제도권으로 들어가면 싸우기가 더욱 힘들다는 거지. 말하자면 총칼로 싸우는 것보다 평화적인 싸움이 더욱 어렵다는 말이야. 기존 정치인들한테는 우리의 존재가 위협적이 되기 때문에 거센 반발도 예측해야 되고, 무엇보다 현실과 이상의 괴리감이 크겠지. 그러나 어떤 희생을 치루더라도 준비는 하고 있을 테야……."

홍석은 그렇게 말하며 지금 막 넘어가려고 하는 석양을 바라보았다. 기원도 홍석의 눈을 따라 석양을 보았다.

"자넨, 이 땅에 정착해서 살 생각은 아니겠지?"

"물론입니다. 저는 제 고향에 돌아가서 제 할아버지와 아버님이 물려주신 땅을 파며 살 겁니다. 저는 훌륭한 농부가 될 겁니다."

기원은 대한민국 최남단의 고향 땅을 떠올렸다. 콜롬비아의 넓은 땅에 비하면 형편없이 초라하고 작은 땅이지만, 할아버지가 피땀으로 일궈낸 땅이었다.

홍석은 부러운 듯 기원의 얼굴을 바라보았다.

"자넨 행복한 사람이야. 돌아갈 고향 집도 있고 부모 형제도 자넬 기다리고 있으니 말이야. 난 내 조국, 대한민국의 산천이 어떻게 생겼는지도 기억이 안 나. 단지 귀를 찢는 듯한 폭격 소리 나는 전쟁터였다는 것과 내 어머니의 마지막 모습만이 내 기억에 남아 있어. 무서운 기억들이지. 그래도 나는 돌아가고 싶어. 내가 태어난 내 나라로. 나와 같이 돌아가지 않겠나?"

"네, 제가 모시고 가겠습니다. 제 고향 집으로 함께 돌아가서 형님으로 모시고 살겠습니다."

"고맙네. 꼭 함께 돌아가고 싶네."

두 사람의 말을 듣고 있던 나초는 홍석을 연민 어린 눈으로 바라보았다.

"자네의 조국은 한국이지만, 자네가 자라난 곳은 이곳, 콜롬비아일세. 그리고 자네는 이 나라의 민중들을 위해 싸워왔고. 잠깐 다녀오는 것은 괜찮지만 아주 돌아가는 것은 쉽지 않을 거야. 자네에게는 자네의 나라, 대한민국이 더 낯설기 때문이지."

"물론, 나는 내 조국을 알지 못해. 하지만 요즈음에 와서 왠지 더욱더 내 어머니의 땅, 조국으로 돌아가고 싶어. 마치 연어가 바다에서 제가 태어난 산천으로 되돌아가기 위해 높고 험난한 폭포를 목숨을 걸고 뛰어오르며 머나먼 여행을 떠나듯이……. 물론, 가는 동안 어떤 놈은 곰이나 짐승 또는 사람에게 잡혀 먹히기도 하지만 결국 온힘을 다해 자신이 태어난 곳으로 찾아가는데, 하물며 사람인 내가 내 자신이 태어난 땅으로 안 돌아갈 수가 있나? 귀소 본능이지……."

나초는 홍석의 등을 쳤다.

"이 사람아, 이제부터 시작인데 왜 자꾸 고국 타령이야? 싸움은 이제부터야. 자네가 그동안 갈고 닦았던 꿈을 한번 펼쳐보게. 나도 힘 있는 대로 도와줄 테니까."

홍석은 나초의 어깨를 어루만졌다.

"그래, 해봐야지. 불쌍하게 돌아가신 내 양아버지 후안 상사를 위해서, 아니 정의를 위해 나는 최선을 다할 거야."

나초는 한참 동안 홍석을 바라보더니 말을 이었다.

"자네, 소니야와 결혼하게. 말이 가족이지, 엄밀하게 말하면 자네들은 피 한 방울 섞이지 않은 남남이잖은가?"

홍석은 어이없다는 듯 웃음을 지어 보였다.

"소니야와 결혼하라구?"

"그래, 소니야와 결혼해서 제도권으로 들어와. 이 땅에서 정착을 하라구. 이 나라 국민들을 위해 일을 하면서……."

홍석은 나초의 말에 쓸쓸한 웃음을 보였다.

"자네 알잖은가? 나는 내 개인적인 행복을 생각하지 않기로 했다구. 하물며 소니야, 나는 그녀를 행복하게 해줄 능력이 없어. 아니 나는 어떤 여자도 책임질 수가 없네. 우리, 그런 이야긴 그만하도록 하지. 아무튼 나는 죽기 전에 내 고국으로 돌아갈 걸세. 내형제와 함께."

홍석은 기원을 바라보며 말했다.

기원은 홍석을 만나고 난 뒤면 왠지 마음이 든든했다.

한국 교민들 중에 스페인어를 공부하기 위해 콜롬비아로 와서 정착해 살고 있는 김상렬이라는 사람이 있었다.

어느 날, 최기원에게 김상렬이 저녁 초대를 했다.

몇 가구 되지 않는 말 많은 교민들 사회에서 기원은 가능하면 그들과 가까이하지 않으려고 했으나, 어른이신 김상렬 씨의 간곡한 초대를 거절할 명분이 없었다.

기원이 김상렬 씨의 집에 도착하자, 김씨와 그의 아내가 반색을 하며 반겼다. 김씨의 딸, 나영이가 저녁 준비를 돕고 있었다.

김상렬은 과년한 딸, 나영이 걱정이었다. 콜롬비아 남자랑 연애라도 할까 봐 전전긍긍했었던 차에 최기원이 보고타에 나타났다. 그는 기원이 보고타에 도착한 뒤, 계속해서 그를 지켜보았다.

한국 교민들의 제일 큰 걱정거리는 과년한 자녀들의 혼인 문제였다. 콜롬비아인들은 단일 종족이 아니었다. 각 인종의 혼혈 인구가 많은 부분을 차지하고 있었다. 스페인계의 백인과 인디오 혼혈인 '메스띠조', 백인들 또는 백인과 흑인의 혼혈인 '몰라또', 흑인 원주민과 흑인의 혼혈인 '삼보'. 이렇게 다양한 인종으로 이루어져 있었다.

다른 나라 종족들은 혼혈에 대한 편견이 없었으나, 유독 한국 사람들만은 외국인과 피가 섞이는 것을 꺼려하는 정도가 아니라, 절대로 허용하지 않았다.

마땅한 사윗감을 찾던 김상렬 씨의 눈에 기원이 띄었다.

김씨는 딸 나영과 나란히 앉아 있는 기원을 바라보았다.

'저 사람이 내 사위가 되면 얼마나 좋을까?' 라고 생각하며 기원에게 술을 권했다.

"마스터 최, 머나먼 타국에 홀로 와 있으니 얼마나 적적한가? 자주 오게. 우리 집은 아들이 없어서 마스터 최가 여기 앉아 있으니 집안이 꽉찬 것 같으이."

"감사합니다. 이렇게 초대해 주셔서……."

"원, 별 말씀을. 차린 건 없지만 많이 들게나. 나영아, 뭘 하니? 마스터 최의 술잔이 비었는데."

"아닙니다. 전, 그만하겠습니다."

"왜, 술을 잘 못하시는 모양이지?"

"아닙니다. 콜롬비아에선 잘 안 마십니다."

"옳지, 위험해서 그렇지? 허나 오늘은 마음 놓고 들고 우리 집에서 자고 가면 될 텐데……."

"아닙니다. 감사합니다만, 밥을 좀 먹겠습니다."

"오, 그러게나."

기원은 김씨의 딸인 나영을 흘깃 보았다. 겉보기엔 한국 처녀답게 수수하게 생겼다. 그러나 그녀는 겉만 한국 처녀였지, 콜롬비아에서 태어나서 콜롬비아에서 성장한 콜롬비아 여자였다. 한국말도 잘 못하고 행동하는 것도 콜롬비아 여자였다.

기원은 김나영이라는 처녀를 보면서 정선혜를 떠올렸다. 그는 정선혜의 생각을 떨쳐 버리려고 술을 마셨다.

"그래, 오늘은 마음껏 취해보라구."

김상렬 씨는 기분이 좋았다.

그날, 기원은 나영이가 운전하는 차로 그의 아파트로 돌아왔다.

새벽에 머리가 깨어질 듯 아파서 깨어난 기원은 부엌에 있는 냉장고 문을 열고 물을 벌컥벌컥 마셨다. 그리고는 어젯밤의 자신을 돌아보았다. 아무리 같은 동포라고 하나, 낯선 집에서 여자 생각 때문에 몸을 가누지 못할 정도로 마셨다는 것은 큰 실수였던 것이다. 이런 식으로 하다간 자신의 목숨이 백이 있어도 남아나지 않을 것이다.

'왜, 정선혜 생각만 하면 나는 못 견디게 약해질까?'

도대체 그 여자가 무엇인데, 머나먼 콜롬비아까지 와서 그 여자를 잊지 못하고 허우적거리는 자신이 견딜 수가 없었다. 기원은 무도인으로서 자신을 지키지 못한 실수를 범했다.

그는 입술을 깨물었다.

기원은 욕탕에 뜨거운 물을 틀어 놓고 30분 정도 몸을 담갔다.

땀이 비 오듯 얼굴에 흘러내렸다. 운동을 하는 그로서는 이렇게 몸을 풀어줘야 몸의 컨디션을 유지할 수 있었다. 욕탕에서 나온 그는 타올만 걸치고 냉장고에 있는 주스를 병째 들고 마시고는 도장으로 나갔다.

아침운동을 하고 있는데 나영으로부터 전화가 왔다.

"굿모닝, 일찍 나오셨네요?"

"네, 어제 저녁에는 폐가 많았습니다. 지금 운동중이라 실례하겠습니다."

그는 얼른 수화기를 내려놓았다.


한편 김상렬 씨는 기원이 마음에 꼭 드는 사윗감이었다. 마음에 별로 들지 않아도 한국 총각이라는 것만 해도 좋을 텐데, 단단한 몸매 하며, 정중한 매너, 더욱이 그는 보고타의 스타였다. 또한 그는 자신에게도 필요한 사람이었다. 그가 자신의 사위만 되어준다면 이 보고타에서 두려울 게 없을 텐데…….

그러나 기원의 태도가 마음에 걸렸다. 한창 청춘 남녀이고 같은 한국 사람이라 웬만하면 서로 마음에 들 텐데, 최기원은 자신의 딸 나영을 별로 마음에 두는 것 같지가 않았다.

'혹시 한국에 정(情)을 주고 온 여자라도 있는 것일까?

그러나 인생 60을 바라보는 그의 경험에 의하면 사랑은 별것이 아니라는 생각을 했다.

김씨 자신이 젊은 날 콜롬비아까지 오게 된 이유는 사랑하는 여자 때문이었다. 고등학교 때 스페인어 과목을 제2외국어로 선택했던 그에게 선생님께서 어학을 잘 하려면 현지인과 펜팔하는 것이 제일 빠르다고 말씀하셨다.

그는 콜롬비아인 여학생과 펜팔을 시작했었다. 안드레아라고 부르는 그녀는 편지 봉투 속에 자신의 사진을 보내왔었다. 그녀의 사진을 본 김상렬 씨는 그녀에게 한눈에 반했다. 어깨까지 내려온 긴 검은 머리에 코가 오똑하고 눈이 큰 그녀는 한국의 시골 고등학교 소년의 눈에 외국 배우, 오드리 헵번보다 더 예쁘고 엘리자베스 테일러보다도 더 매혹적이었다. 서구 여자들은 대개 20대까지는 윤곽이 또렷해서 인형처럼 예쁜데, 콜롬비아 아가씨들은 더욱 매혹적이었다.

한국의 소년과 콜롬비아 소녀는 대학을 졸업할 때까지 펜팔을 하며, 서로의 사랑을 확인했다.

군대를 제대한 그는 집안의 반대에도 불구하고 그녀와 결혼하려고 안드레아를 찾아 콜롬비아의 '칼리'라는 작은 시골 마을까지 갔었다. 그러나 마중 나온 그녀의 모습을 보고 그는 실망했다.

그녀는 이미 사진에서 본 인형처럼 예쁜 얼굴이 아니었다. 어린 소녀였을 때는 예뻤으나, 대학을 졸업한 그녀는 몸에 살이 오르고 얼굴은 미워졌다.

그는 갑자기 그녀가 싫어지고 겁이 났다. 거의 6~7년 동안을 서로 그리워하며 편지를 주고받았던 그녀가 갑자기 싫어지자 그는 얼렁뚱땅 거짓말을 둘러대고 그녀로부터 도망을 쳐서 보고타로 왔다. 그리고 한국에서 지금의 아내를 데려와 나영이를 낳고 첫사랑인 안드레아는 잊어버리고 살아왔다.

김씨는 젊은 날 한때의 사랑이란, 그야말로 비온 뒤의 무지개처럼 잡히지도 않고 흔적도 없이 사라진다고 자신의 경험으로 믿고 있었다.

그는 남녀의 진정한 관계는 사랑이 아니라 결혼을 해서 법적으로 묶어 놓고 아들, 딸 낳고 살면 정(情)도 들고 그럭저럭 살아진다고 믿는 사람이었다.

그러나 기원은 김씨의 계획과는 달리, 그의 딸에게 전혀 관심이 없었다. 그는 오직 자신의 소임인 이 콜롬비아라는 나라에 대한민국의 태권도를 알리는 것에만 전력을 다했다. 여자에겐 관심도 없었고, 더더욱 결혼은 생각해 보지도 않았다. 물론 가끔씩 남자로서의 욕망이 일어나긴 했지만, 왠지 이 콜롬비아에서는 여자를 만나는 것이 두려웠다.

그의 생활은 매일매일이 긴장의 연속이었다. 그래야만 살아남았다. 간혹 외로움에 견딜 수 없을 때는 홍석을 생각했다. 이상하게 그를 생각하면 외로움이 덜했다. 홍석의 처절한 외로움을 보았기 때문일까?

11월은 콜롬비아의 우기(雨期)이다. 그러나 오늘은 날씨가 무척 화창했다. 보고타 고지대의 최고급 저택들이 있는 동네에 메리 부인의 저택이 있었다. 오늘 저녁 부인의 집에서 파티가 열렸다. 콜롬비아의 상류사회 사람들이 모인 자리에서 기원이 가르친 경호원들의 태권도 시범이 있었다. 총을 가진 자들보다 맨손으로 더 재빨리 회전하며 발끝으로 상대를 제압하는 모습을 본 손님들은 환호하며 박수를 쳤다.

메리 부인은 곁에 앉은 기원에게 얼굴을 돌리며 칭찬했다.

"마스터 최, 정말 훌륭해요. 마스터 최의 제자들은 모두 뛰어난 경호원들이에요."

"모두가 부인의 성원 덕택입니다."

기원은 진심으로 부인에게 예를 표했다. 맨몸으로 이 위험한 콜롬비아에 와서 어떻게 헤쳐 나갈지 막막했었던 기원이 온몸의 촉각을 세우며 죽을 각오로 하루하루를 지낼 때, 부인은 기원에게 큰 힘이 되어주었다. 기원에게 태권도 도장을 선물하고, 늘 따뜻한 시선으로 기원을 지켜봐 주었다.

기원에 대한 그녀의 감정이 어떤 색깔인지 기원은 잘 알 수 없었으나, 기원은 콜롬비아의 젊고 싱싱한 여자들에겐 별 흥미가 없었다. 그러나 어머니 같은 메리 부인의 품위 있는 행동과 자태는 이상하게 그의 가슴을 뛰게 해주었다. 노년의 완숙된, 젊은 여자들에게서는 찾아볼 수 없는 그런 아름다움을 그는 느꼈다.

오늘도 파티가 시작되기 전, 메리 부인의 집에서 근무하는 경호원들에게 태권도 시범을 보이라고 한 것은, 보고타를 쥐고 흔드는 상류계급 사람들에게 다시 한 번 최기원의 존재를 알리려는 부인의 배려에서였다.

댄스 파티가 시작되었다. 부인은 기원의 손을 잡았다. 기원은 긴장했다. 혹시 부인의 발을 밟지나 않을까 하고. 그러나 부인은 능숙하게 그를 리드하며 귓속말로 말했다.

"편하게 추세요. 내 몸에 당신의 몸을 밀착시키고 음악의 흐름에 몸을 맡겨요."

메리 부인이 속삭였다.

기원은 자신의 몸이 붕 떠 있는 것 같았다. 영화 속에서 보았던 유럽 귀족들의 파티 같았다. 춤을 추는 부인의 몸은 젊은 여인의 몸처럼 유연하고 부드러웠다. 그의 몸이 자신도 모르게 뜨거워지는 것을 느꼈다. 기원은 자신의 몸이 뜨거워지는 것을 부인이 눈치챌까 봐 전전긍긍했다.

부인은 사랑스러운 눈으로 그를 바라보며 그의 품에 안겨 능숙하게 춤을 추고 있었다. 젊은 여인 못지않은 매력이 있었다.

기원은 부인을 보고 있으면, 자신도 모르게 고국의 어느 하늘 아래에 살고 있을 정선혜가 생각났다. 그 초봄의 날씨처럼 쌀쌀맞던 그녀의 말에도 불구하고, 그는 그녀에게 모성을 느꼈다.

산파블로는 나초의 고향이었다. 조상 대대로 물려내려온 산에
서는 콜롬비아에서 제일 질이 좋은 에메랄드가 나오는 광산이 되
었다.

산파블로는 무척 아름다운 곳으로, 이곳은 나초의 왕국이었다.
저택 정문 앞에는 대통령궁보다도 더 삼엄하게 지키는 경비초소
가 있었다.

홍석이 탄 차의 앞좌석에 앉아 있던 홍석의 비서가 스페인어로
말하자, 안에서 모니터를 보고 있었는지 철문이 열렸다. 홍석은
혹시 경비에 사각지대는 없나 하고 눈을 빛내며 둘러보았으나, 철
통 같은 경비였다.

차는 입구에서 한참 동안 미끄러지듯 들어갔다. 저택의 정원은
홍석이 잘 알 수 없는 아름다운 나무들과 꽃으로 잘 가꾸어져 있
었다. 현관에는 나초의 아내와 노모와 집사가 기다리고 있었다.

홍석은 우선 나초의 아내를 포옹했다.

"어서 오세요."

나초의 아내는 남편의 친구를 진심으로 환영했다. 그녀는 무척 미인이었다. 서구적이면서도 동양의 슬픔을 갖고 있는 것 같은 분위기가 있는 여자였다. 홍석은 나초의 아내를 볼 때마다 나초의 높은 안목에 경의를 표했다.

"마미."

"오, 마이 이호(아들)."

홍석은 어리광을 부리듯 어린아이처럼 마미라고 부르며 나초의 노모를 끌어안았다. 홍석이 나초에게서 제일 부러운 것은 어머니가 아직 살아 계시다는 것이었다. 나초의 노모는 마치 친아들이 먼 여행에서 돌아온 것처럼, 홍석의 등을 두들기며 감격해했다. 홍석을 보면 나초의 노모는 언제나 고맙고 기꺼웠다. 아들의 생명을 구해준 사람이 아닌가?

나초의 노모는 홍석의 등을 밀며 소녀처럼 큰소리로 즐거워하면서 집 안으로 들어갔다. 나초가 목발을 짚고, 자신의 어머니와 팔장을 끼고 들어오는 홍석의 모습을 보며 즐겁게 웃었다.

"어서 오게."

나초는 한 손으로 목발을 짚고 한 팔로 홍석을 껴안았다. 홍석은 마치 고향 집에 온 것처럼 편안했다. 그들 일행을 대접하느라 나초의 어머니는 아랫사람들을 큰소리로 부르며 온 집안을 부산하게 다녔다.

"일 년만인가? 오랜만에 왔으니 푹 쉬었다 가게. 나랑 광산에도 한 번 가보고…….”

“그래, 오랜만에 왔으니 편안하게 있거라.”

“네, 어머님. 어머님의 건강하신 모습을 뵈니 정말 고향 집에 돌아온 것처럼 편안하군요.”

“오, 그래야지.”

그녀는 홍석의 곁에서 홍석이 식사하는 모습을 신통해 하며 쳐다보았다. 항상 이리저리로 거처를 옮겨 다니는 홍석으로서는 모처럼만에 맛보는 행복이었다.

'아! 사람 사는 것이 이런 것이 아닌가……?'

갑자기 부평초처럼 떠도는 자신이 가여웠다. 그러나 그는 마음을 고쳐 먹었다. 많은 사람들이 이런 행복을 누릴 수 있는 사회가 된다면, 아니 그럴 수만 있다면 이보다 더한 외로움과 고통도 견딜 수 있다고 홍석은 생각했다.

나초와 홍석이 탄 차는 앞뒤로 경호원들의 에스코트를 받으며 광산으로 향했다. 광산 주위에는 서부극에 나오는 광산촌이 이루어져 있었다. 이 마을 사람들 거의 대부분이 나초의 광산 때문에 먹고 산다고 해도 과언이 아니었다.

도시에서 에메랄드를 찾아 흘러들어온 사나이들과 그 가족들, 그리고 광산 갱 속에서 광석을 파는 많은 광부들과, 그 광부들의 얄팍한 주머니를 노리는 술집과 여자들, 또한 냇물에 떠내려간 에메랄드 조각들을 주우려고 모여든 사람들, 그리고 테러단, 마약단, 갱단들이 밤낮없이 엉켜서 살아가는 에메랄드 광산촌…….

홍석은 나초와 함께 헬리콥터에 올라탔다. 하늘에서 내려다본 나초의 에메랄드 광산은 어마어마하게 컸다.

"정말 대단하이. 이렇게 어마어마한 산속에 녹색의 보석들이 들어 있단 말인가?"

"그러니까 이 광산을 지키기 위해 내 목숨이 열 개라도 모자랄 판이네. 자네는 내 생명의 은인이고, 앞으로도 자네의 도움이 필요하네. 내 소유의 채광권을 지키려고 정부와 우익 게릴라, 좌파 게릴라 당에 돈을 얼마나 상납하는 줄 아는가?"

"게릴라……?"

"물론이지."

홍석은 웃으며 말했다.

"자넨 우리 조직에도 빼앗기고 있군."

"물론이지. 물심양면으로 제일 많이 상납하지."

나초는 그렇게 말하면서 껄껄 웃었다.

"상납이라……!"

"근사하게 말하면 장학금 지원이고. 왜? 잘못 말했나?"

홍석은 웃었다.

"그러니까, 국민들의 최소한의 인간적인 삶을 누리게 해주고 싶다는 내 꿈이, 자네 재산을 도둑질한 모양일세그려."

"어디 그뿐인가?"

"또 있나?"

"이 나초의 마음을 훔쳐간 진짜 도둑이야, 자넨……."

두 사나이는 오랜만에 유쾌하게 웃었다.

헬리콥터에서 내려다본 광산은, 언젠가 나초의 사무실에 걸려 있는 커다란 사진의 모습 그대로였다. 나무가 우거진 푸른 산, 한쪽으로 파 내려간 모양이 마치 인디오가 괴롭고 슬픈 표정으로 길게 누워 있는 형상 그대로였다.

우리나라 광산처럼 굴을 판 다음 갱 속으로 들어가서 파는 광구도 있고, 신을 표면으로 그내로 싸내려가는 광구도 있었다. 광부들이 괭이로 산을 파고 있었다. 그 커다란 산 둘레 경계에는 50m마다 높다란 망루가 있었고, 그 망루에서 경비원들이 24시간 교대로 총을 겨누고 있었다. 밤에는 써치 라이트를 대낮처럼 비추고 있어서 그야말로 지나가는 작은 동물의 움직임에도 예민한 반응을 보일 정도로 철옹성 같은 경비망이었다. 광부들이 하루 일을 끝내고 돌아갈 때에는 경비병과 광산의 사병들이 몸수색을 하고 내보냈다.

커다란 산을 전부 사람들 손으로 파고 있는 것을 본 홍석이 의아한 듯 물었다.

"저렇게 커다란 산을 일일이 사람 손으로 파는가? 포크레인이라든가, 화약으로 폭파하면 간단할 텐데."

나초는 빙그레 웃으며 차분한 목소리로 대답했다.

"처음엔 그렇게 했지. 그랬더니 에메랄드가 전부 파열이 가고 얼이 생기는 거야. 아무 짝에도 쓸모 없는 보석이 되더라구. 그래서 공정은 늦더라도 사람 손으로 간단한 연장을 갖고 판다네. 에메랄드가 얼마나 예민한 보석인 줄 아는가? 갱 속에서 파가지고 나와 바로 햇빛에 노출되면 보석에 균열이 가고 빛이 나빠져. 그래서 바로 물 속에 집어넣는다네. 내가 에메랄드 광산주라서 이런 말을 하는 것이 아니고, 에메랄드는 보석 중에 보석이라네. 그 푸른빛에 매혹되지 않으면 사람이 아니지. 에메랄드는 자연이 준 아름다운 선물이야.”

그렇게 말하고 있는 나초는 정말 에메랄드에 흠뻑 빠져 있었다.

“나는 자네 사무실이나 길거리의 보석점에서 파는 에메랄드가 이렇게 힘들게 나오는 줄 몰랐네.”

“그냥 산에서 주워 와서 팔아 먹는 줄 알았는가?”

나초는 빙그레 웃으며 말했다.

“어떤 일이든 자신이 맡은 일을 열심히 해낸다는 것은, 우선 자기 자신을 이겨내지 않으면 이룰 수 없다네. 누구보다도 자네 자신이 그 표상이 아닌가?”

“내가 뭘, 난 이곳 자네의 광산에 와 보고 놀랐네. 내가 모르고 있었던 부분이 많았네. 부자가 그냥 되지 않는다는 걸 말일세. 그러나 가난한 대다수의 국민들은 이런 일을 가질 기회조차 없질 않은가? 그것이 안타까운 거지. 그들에게도 자신과 싸울 수 있는 기회라도 주자는 거야. 내 생각은…….”

나초는 홍석을 이해하고 있었다. 그 또한 홍석이 생각하는 사회가 이루어져야 자신도 정당하게 광산을 운영할 수 있다는 것을 알고 있었다. 그는 현재의 상태는 전쟁이지, 사업이 아니라고 생각

하는 사람이었다. 산 곳곳에 초소를 세워두고 밤잠을 못 이루고
사는 것이 정말 행복한 삶은 아닐 것이다.

나초는 안쪽에 있는 초막 같은 레스토랑으로 홍석을 데리고
갔다. 커다란 앞치마를 두른 식당 주인은 반색을 하며 전망이 제
일 좋은 테이블로 안내했다. 이 레스토랑의 지붕은 바나나 껍질로
이엉을 얹어 만든 집으로, 사진에서 보았던 한국의 초가지붕을 느
끼게 했다.
　테이블에 앉으니, 광산촌이 한눈에 내려다보였다.
　"가브리엘, 그동안 잘 있었나?"
　"네, 덕택으로 그럭저럭 밥 먹고 삽니다. 뭘 좀 올릴까요?"
　"자네가 적당히 주게. 싱싱한 해산물이 좋잖나?"
　"네, 잘 알겠습니다. 조금만 기다려 주십시오."
　한참 후, 주인은 술과 여러 가지 해산물(커다란 새우, 생선, 대합
조개)구이와 바나나구이, 그리고 동그란 밀떡구이를 푸짐하고 먹
음직스럽게 날랐다.
　"자, 한잔 들게. 자네가 즐겨먹는 콜롬비아 소주일세."
　"난 양주보단 이 술이 더 좋아. 편안하게 격식 없이 마실 수가
있지. 양주는 어떤 잔에, 어떻게 마셔야 하며 폼 잡기 좋아하는 백
인들처럼 술에 갖은 수식어를 사용하지. 철저한 백인 장사꾼들의
달콤한 상술에 넘어가서, 그렇게 해야만 품위 있는 문화인인 척
착각하고 그렇게 살지 못하는 국민들을 무시하고 말이야. 내가 듣
기로는 내 고국 한국에도 소주가 있다는 말을 들었어."

"한국 소주를 마시고 싶어? 에메랄드 상인을 통해 구해줄까?"

"아니, 구태여 그렇게까지 할 건 없네. 한국 소주는 한국에 가서 마시지 뭐. 술 한잔 마시는 것을 꼭 그렇게 어렵게 마실 필요가 있겠나? 먹고, 마시는 일 아니래도 어렵고 힘든 일이 많은데⋯⋯."

나초가 권하는 술잔을 들며 홍석은 넓은 하늘을 붉게 물들이며 서산으로 넘어가는 해를 바라보았다. 이상하게 요즘은 떠오르는 해보다도 석양을 더 자주 보게 된다.

홍석은 처음으로 콜롬비아의 석양이 아름답다는 생각을 했다. 이제까지 그는 카리브 해에 떠오르는 일출의 장관을 잊지 않고 살아왔다. 힘들고 고통스러워도 온 바다를 붉게 물들이며 힘차게 떠오르는 일출을 생각할 때마다 힘을 얻었던 홍석이었다. 그런데 오늘은 일몰도 일출 못지않게 아름답다고 느꼈다. 하루 종일 온 세상에 고루고루 빛을 비추어 주고 식물과 농작물을 자라게 해주어 사람과 동물들에게 먹을 것을 주고는, 때가 되면 산 너머 저쪽으로 숨어 버리는 석양이 어쩌면 더욱 아름답다고, 홍석은 생각하며 술을 삼켰다.

술은 목 줄기를 따라 뜨겁게 타고 내려갔다. 홍석의 얼굴도 지는 해처럼 붉게 물들어갔다.

나초는 비어 있는 홍석의 잔에 술을 채워주며 말했다.

"현 집권당이 곧 자네네 당에게도 평화회담 제의를 해올 걸세. 그때를 대비해 준비는 해 놓았나⋯⋯?"

"물론이지. 얼마나 우리의 조건을 들어줄지는 모르겠지만 협상은 해봐야겠지."

홍석은 비장한 얼굴로 말했다.

"이제까지 집권당과 여러 게릴라 당과의 평화협상이 있었지만, 정부의 약속이 잘 지켜지지 않았잖나? 조심하게."

"그래, 그동안 많은 게릴라 지도자들이 협상 테이블에서, 혹은 협상하는 과정에서 많이 희생되었지. 내가 하늘처럼 존경하는 호세 사령관도 협상 과정에서 희생당하셨지. 이제 우리도 노련해졌다네. 그 많은 세월을 생존을 위한 전투 경험과 여러 정부를 상대했던 경험이 있질 않나? 이제 당하지만은 않을 걸세. 또 우리 뒤에는 국민들의 열렬한 지지가 있네."

나초는 홍석을 바라보며, 그가 제발 무사히 평화협상을 마치고 그들이 원하는 제도권으로 들어와서 그동안 오랜 부정부패로 썩을 대로 썩은 정치, 경제 등 사회 전반적인 구조적 문제에 신선한 아이디어로 정치권을 개혁해서 그의 꿈이 실현되었으면 하는 바람이 간절했다.

그러나 나초는 왠지 홍석이 불안했다.

나초는 태어나서 이제까지 별 어려움 없이 오늘날까지 잘 살아왔다. 가정도 행복했고 경제적으로도 풍족했으며, 지금은 더 큰 부자이다. 그러나 그는 늘 외로웠다. 그의 주위엔 사람다운 사람이 별로 없었다. 가족 외엔 항상 그는 정글 속에 있는 것처럼 위험하고 불안했었다. 사람들은 항상 그를 노렸고, 그의 재산을 노렸다. 진정한 친구가 없었던 그에게 홍석이 나타났다.

홍석은 그에게 무척 신선했다. 그의 신선함은 나초에게 큰 충격

을 주었다. 물론 홍석이, 자신이 테러를 당했을 때 살려준 생명의
은인이기도 하지만, 홍석은 그가 만났던 사람들하곤 달랐다. 무척
순수했다. 홍석의 순수함은 단번에 나초를 반하게 만들었고 나초
의 생각을 바꾸어 놓았다.

가진 것이 많았던 나초는 그동안 눈을 번뜩이며 자신의 재산을
지키고 더욱 많은 이익을 얻으려는 생각밖에 없었다. 그는 잠잘
때나 사무실에 있을 때나 언제나 곁에 무기를 두고 긴장하며 살았
고, 그가 상대하는 에메랄드 상인들, 즉 홀 셀러(원석을 구매하는
사람들)들이나 중간도매상, 소매상들이 약속을 어겼을 때는 가혹
했다. 그 길만이 그가 살아남을 수 있는 길이었기 때문이었다.

그러나 홍석은 달랐다. 무엇 하나도 자기 것으로 만들려고 하질
않았다. 그래서 그는 가진 자들보다 더 자유롭게 보였다. 무엇을
얻는다는 것, 지킨다는 것만큼 어렵고 힘든 일은 없었다. 그것이
재물이든 사랑이든 권력이든……

홍석은 두려움이 없었다. 언제든지 자신조차 버릴 준비가 되어
있는 듯 담백했다. 나초는 그런 홍석을 형제처럼 아니, 자신의 일
부처럼 아끼고 사랑했다. 나초는 홍석이 없는 세상은 생각할 수
없을 정도로 그에게 의지하고 있는 자신을 느꼈다. 홍석이 그의
곁에 있는 한, 그는 두려움이 없었고 편안했다.

나초의 욕심대로 한다면 홍석은 영원히 그의 곁을 떠나지 않고
함께 살고 싶은 친구였다. 허나, 요즈음 나초의 마음이 왠지 모르
게 불안했다.

홍석은 나초의 얼굴을 보며 웃었다.

"자네의 얼굴에 쓰여 있네. 불안하다고……."

"자네가 내 마음을 어떻게 알고?"

"이 사람아, 내가 왜 자네를 모르겠나? 자네 얼굴만 봐도 어떤 생각을 하고 있는지 알고 있네. 아무 염려하지 말게. 그들도 잘해 보려고 평화협상을 하자고 제의를 하는 것이 아닌가? 우리 또한 이 기회를 기다렸고……."

그러나 나초의 표정은 밝지가 않았다.

"왜 그러나? 자네답지 않게."

"나 또한, 오늘을 기다려 왔네. 자네가 표면에 나서서 자네의 이 상을 펼칠 수 있는 기회가 오기를 얼마나 기다렸다구. 그러나 명 심하고 내 말 잘 듣게. 이제부턴 자네 경호원을 늘리게. 그렇지 않 고는 내 마음이 놓이지 않아."

"이 사람아, 이제까지 잘 지냈는데 새삼스럽게 경호원을 늘리라 니. 내가 무슨 정부 요인이라도 된 것 같은 말투군."

홍석은 나초의 말에 피식 웃으며 농담처럼 응했다.

"자넨, 이제까지 자네의 모습을 대중 앞에 드러내지 않았네. 자 네를 아는 사람은 나를 포함해서 불과 몇 사람 되지 않아. 심지어 자네의 조직 내에서도 최측근 몇 사람만이 자네를 알고 있을 뿐이 야. 국민들은 자네를 대장이라고 부르며 사랑하지만, 정작 자네의 모습을 아는 사람은 없네. 그동안은 자네의 부장들이 자네를 대신 해서 성명서를 발표하기도 했고 신문 지상이나 TV에 얼굴을 보 였었지. 나는 그런 자네를 보면서 자네를 존경했었어. 진실로 전 법을 아는 친구라고……."

홍석은 나초의 눈을 뚫어지게 보고 있었다. 나초가 자신을 얼마나 아끼는지, 그는 눈시울이 뜨거워졌다.

'내가 뭔데, 내가 뭘 했다고 부모도 모르는 한낱 전쟁고아가 먼 이국땅에서 이렇게 좋은 사람들의 사랑을 받고 지지를 받다니.'

홍석은 세상에 태어나서 별다른 여한이 없었고 두려움도 없었다. 이제 자신의 갈 길은 정해져 있었다. 자신이 하고 있는 일, 또는 앞으로 할 일이 조금이라도 이 나라 국민들에게 보탬이 되었으면 하는 바람뿐이었다.

"자네가 지금 무슨 말을 하려고 하는지, 또 뭘 염려하고 있는지를 잘 알고 있네……."

나초는 홍석을 바라보고 있었다.

"나는 자네를 만나서 자네에게 말할 수 없는 빚을 졌네. 만약 자네가 없었다면 우리 조직은 오늘날처럼 이렇게 뿌리가 단단해지지는 못했을 거야. 아무리 뜻이 좋아도, 뜨거운 정열이 있다 해도, 또한 뛰어난 리더십이 있는 지도자가 있었다 해도 우리 대원들을 지금처럼 교육시키지는 못했을 거야. 자네가 물심양면으로 도와주지 않았다면 오늘이 없었네."

"새삼스럽게 그런 말을 왜 하는가?"

"이보게. 만약 내게 무슨 일이 일어난다면 소니야를 도와주게. 자네에게 염치없이 또 소니야를 부탁하네."

나초는 말없이 홍석을 멍하니 보고만 있었다.

'벌써 그렇게 준비하고 있었군. 이 무정한 친구야.'

나초는 말없이 홍석의 잔에 술을 따랐다. 홍석도 말없이 입으로 술잔을 가져갔다.

　집권당인 보수당의 대통령은 게릴라와의 평화회담을 요구하는 국민들의 희망에 따라, 홍석을 비롯한 게릴라 사령관들을 회담 탁자로 끌어냈다.

　드디어 정부와 게릴라 간의 '휴전협정 체결'이 문서화되었다.

　첫째는 게릴라들의 무조건 사면과 전투중에 생포된 게릴라들을 석방하고 정치활동을 위한 게릴라들의 신변의 자유 보장이었다.

　둘째는 정치, 경제 및 사회의 구조적인 개혁을 약속받았다.

　정부 측의 조건은 정부 요인 납치 및 기간산업 파괴 등을 중지할 것 등이었다.

　정부와의 평화회담 소식이 각 매스컴에 보도되자, 비로소 홍석이 국민 앞에 모습을 드러냈다. 홍석의 빛나는 눈과 결코 크지 않은 체구지만 상대방을 위압하는 당당한 자세에서 그의 카리스마가 느껴졌다.

　홍석은 연일 기자회견에 시간을 할애했다.

　이제부터 시작이었다. 그는 비록 정부 측과 평화협상을 했지만 약속이란 이쪽이 약해지면 언제든 헌신짝처럼 버림을 받는다는 것을 잘 알고 있었다.

　한편 최기원은 방송에서 기자회견을 하는 홍석을 자랑스럽게 보고 있었다. 홍석의 모습은 한국인의 모습이라기보다는 콜롬비아인의 모습이었다. 고된 훈련과 이 산, 저 산으로 표범처럼 옮겨 다닌 그는 영락없는 인디오의 피가 섞인 콜롬비아 사람이었다.

홍석은 차분하게 기자회견을 하고 있었다.


"게릴라에 입당할 때의 나이는 몇 살 때였는가?"

"열네 살 때였다."

"왜 어린 나이에 입당을 했는가?"

"콜롬비아의 대다수 국민들과 같은 불행한 부모(양민학살)의 죽음으로 오갈 데 없는 나를 호세 사령관이 거두어 주셨다. 결국 그 당시 집권당의 국가보안법으로 죄 없는 대다수 국민들이 실종과 탄압을 받았고, 또한 가난으로 궁핍했던 생활이, 많은 일반 국민들로 하여금 게릴라에 입당하게 만들었다고 생각한다."

"특별한 당의 규칙은?"

"대개 군대 조직의 규칙과 비슷하나, 우리 당은 모두 가족과 같은 유대감이 있다. 그래서 대원들끼리의 규칙이라기보다는 죄 없는 양민과 어린아이를 데리고 있는 부녀자를 다치게 하면 엄벌에 처한다는 규칙, 그것밖에 없다."

"대장으로 불리며 많은 존경과 사랑을 받으셨다고 들었다. 어떤 이유인가?"

"그들을 존중하며 믿음을 주면 저절로 따라준다."

"이번 총선에 출마할 건가?"

"물론이다."

"체제 내에 들어올 때, 기존 정치인들의 반발이 있었나? 있었다면 왜인가?"

"물론 있었다. 자기들의 구태의연한 자세와는 다르게 신선한 아이디어로 싸우기 때문이 아닌가 한다."

"감사합니다. 질문에 솔직하게 대답해 주셔서. 썩어 고여 있는 정치권에 새로운 바람이 불었으면 하고 바랍니다."

"감사합니다. 편견 없는 시각으로 지켜봐 주시기 바랍니다."


홍석의 기자회견은 국민들에게 커다란 호응을 얻고 있었다.

홍석이 이끄는 당의 인기는 날로 높아져 갔다.

기원은 홍석의 신문 인터뷰나 TV방송을 빼놓지 않고 지켜보고 있었다. 기원은 홍석의 당원들 중, 날쌘 무도인들을 뽑아 특수경호 훈련을 시켰다. 그리고 홍석의 경호에 신경을 썼으나, 홍석은 겁 없이 민중들 속이면 주저하지 않고 들어가서 그들과 어울렸다.

홍석이 가는 곳엔 소니야도 그림자처럼 곁에 있었다.

당원들은 콜롬비아 전 지역을 누비며 당의 뜻을 알렸다.

홍석은 소니야를 부사령관으로 하고 새롭고 참신한 '국민의 당'으로 당을 재정비했다. 그리고 국민들의 여망에 따라 총선에 참여하게 되었다.

그는 다른 정당의 후보들은 상상도 할 수 없는 보고타 시의 변두리, 달동네를 우선 찾아갔다. 제일 먼저 유세한 곳이 '소하차 마을'이었다. 이곳은 홍석과 소니야가 어린 시절 자랐던 곳, 양부모의 집이 있었던 동네였다. 역시 위험 지역으로 다른 후보들은 올 수 없는, 아니 한번도 와보지 않았던 '과짜마자 마을(솔개마을)’과 마지막 달동네인 ‘아베리다 우스메’ 라는 동네까지 돌았다.

이곳 달동네들은 같은 보고타 시라고는 할 수 없을 정도로, 보고타의 상류사회가 있는 고지대와는 하늘과 땅만큼의 차이처럼 전혀 다른 생활을 하고 있었다. 이 지역의 집들은 콧구멍만해서 집이라기보다는 움막이라는 표현이 맞았다. 한 움막에 몇 가구가 함께 살고 있었다. 그 집조차 무허가 집이었고 그야말로 달동네 빈민촌이었다.

홍석은 이 동네에 올 때마다 가슴이 아팠다. 유난히 이 달동네엔 아이들이 많았다. 못 먹어서 영양부족인 누런 얼굴에 유난히 눈이 크고 초롱초롱한 아이들이 홍석과 소니야가 나타나면 모여들었다. 소니야는 아이들을 차례로 안아주었다.


홍석은 생각했다.

‘어떻게 하면 이 천진한 아이들에게 최소한의 인간적인 삶을 살게 할 수 있나……?’

홍석은 눈을 감았다. 고막이 터지는 듯한 포탄 소리에 여기저기에서 비명 소리가 났고, 피투성이로 쓰러진 엄마 곁에 울고 있는 자신의 모습이 꿈속처럼 눈앞에 나타났다.

‘그 후, 내 고국 한국은 어떻게 되었을까……?’

상사 주재원들이나 외신으로는 전쟁의 상처를 딛고 일어서서 경제 성장이 빠른 국가가 되었다는 소식을 들었다.

홍석은 기억도 나지 않는 고국이 그리웠다. 그리고 자신을 가슴에 끌어안고 대신 총탄을 맞아 피투성이로 죽은 엄마도……. 홍석은 눈물을 보이지 않으려고 하늘을 쳐다보았다.

아이들을 안고 있던 소니야가 홍석을 돌아보았다.

그녀는 안다. 지금 홍석이 무엇을 생각하는지…….

홍석은 결심했다. 자신의 힘이 닿는 데까지 이 가여운 사람들을 위해 살겠노라고…….

홍석이 국민들 앞에 모습을 나타내어 정부와의 협상을 체결하고, 정치 참여를 공식적으로 선포해서 대선 출마 체제로 들어가자, 홍석의 당, 특히 소니야를 위시한 주요 간부들은 매일 작전회의를 열었다.

한편, 나초는 최기원을 비롯하여 소니야와 홍석의 작전 참모들 몇 명을 소집했다. 이미 홍석의 당이라는 배는 닻을 높이 올리고 출범을 시작했다. 이미 시작한 싸움이었다. 나초는 전력을 다해 홍석을 도울 뿐, 다른 선택은 없었다. 그러나 나초와 기원은 전면에 나서서 도울 수가 없었다. 만약 나초가 홍석의 당을 도와준다는 정보가 흘러나가면, 그렇지 않아도 홍석의 당을 견제하고 있는 '극우파 무장사병'들로부터 나초는 물론, 나초의 에메랄드 광산 조차도 보존하기 힘들어지기 때문이었다.

나초는 어쩔 수 없이 정부에도 상납해야 했고, '극우파 무장사병'에게도, 또한 ELA(학생 및 지식인을 중심으로 한 무장 게릴라 당)에게도 상납해야 했다.

사실상, 콜롬비아는 정부가 통치권을 가진 수도 보고타 고지대를 비롯한 일부 지역과 남부 아마존 지역의 혁명 무장 게릴라(FARC) 점령지, 원유 생산지 및 송유관 통과 지역의 ELA, 그리고 바나나 생산지인 우라바(URABA) 지역의 우파 사병 관할 지역으로 4분화되어 있다. 이를 빗대어 콜롬비아의 지식인들 사이에서 콜롬비아에는 세 정부(정부, 게릴라, 우파 사병)가 존재한다는 자학적인 농담을 할 정도였다.

'극우파 무장사병'은 초기에는 좌익 게릴라에 대항하기 위한 소규모 사병의 형태로 시작되었거나, 혹은 바나나 지역에서 좌파 노조의 활동을 방해하고 농장주의 이익을 대변하기 위한 사병이었다. 그러나 최근에는 극우적 이데올로기의 색채를 갖춰 인권문제를 다루는 좌파 정당의 지도자를 암살하거나 일부 '우파 무장사병'에 대해 비판적인 입장을 보이는 언론인 등 주요 요인을 암살하는 일까지 자행하고 있었다.

이 과정에서 일부 군 내부의 극우파 인사들과 퇴역군, 경찰요원들이 우파 무장군에 참여함으로써 콜롬비아 군부는 미국으로부터 콜롬비아에서 자행되는 인권 침해와 관련된 의심을 받아야 했었다.

또한 '극우파 무장사병'은 코카인 재배 지역과 금 광산이 집중되어 있는 볼리바(BOLIVAR) 주 남부에 군사적으로 영향력을 확보한 상태였다.

이렇게 복잡하고 위험한 구도 속에서 홍석의 배는 어떻게 하면 표류하거나 침몰 당하지 않고 순항할 수 있을지? 나초와 기원은 손에 땀이 날 정도로 아슬아슬했다.

나초는 나초대로, 기원은 기원대로 드러나지 않게 경호원들과 정보원들을 풀어 놓고 홍석의 하루하루를 체크하고 있었다. 오히려 정면에 나서서 홍석의 곁에서 도와주는 편이 훨씬 마음 편할 것 같았다. 기원은 콜롬비아에서 외국인이었다. 잘못 개입하면 추방 당할 수도 있고, 또한 누군가의 손에 죽을 수도 있었다. 극히 몸조심을 해야 하는 입장이었다. 그래서 기원은 더욱 믿을 수 있는 자신의 제자들을 홍석의 경호에 붙이고 최선을 다하게 했다.


어느 날, 메리 부인이 멤버십 클럽으로 기원을 초대했다.

부인의 승용차가 기원의 도장 앞에 멈춰섰다. 낯익은 운전수가 친절하게 차 문을 열어주었다.

"고맙소."

"아닙니다. 마스터 최."

차는 낯익은 '라카르토' 클럽으로 미끄러지듯 들어갔다.

메리 부인은 언젠가 기원과 식사했었던 호수가 보이는 테이블에 앉아 있었다. 기원이 들어서자, 그녀는 예의 부드러운 미소로 기원을 맞이했다.

기원은 부인에게 다가가 정중하게 인사를 했다. 기원이 늘 부인에게 놀라는 것은 부인의 가슴속에 어떤 생각들이 있는지, 화가 나 있는지, 어떤지가 전혀 표정에 나타나지 않는다는 것이었다. 그녀는 항상 온화하고 품위 있는 부드러운 미소로 그를 대했다. 오늘도 마찬가지였다.

'오늘은 무슨 일로 나를 초대했을까?'

기원은 부인이 자신에게 호의적이었고 큰 배경이 되어 주었지만, 부인을 만날 때마다 긴장이 되었다. '혹시 실수하지 않을까?' 하는 두려움이 있다. 부인은 차를 한 모금 마시며 호수 건니편 쪽으로 시선을 고정한 채, 움직이지 않았다. 기원은 부인의 입에서 무슨 말이 떨어질까를 생각하며 말없이 차만 마시고 있었다. 얼마 안되는 짧은 시간이 흘러갔지만, 기원에게는 무척 길게 느껴졌다.

"마스터 최."

"네, 부인."

"후안을 어떻게 생각해요?"

"네?"

"후안 안드레스 게릴라 대장 말이에요."

"무슨 말씀이신지……?"

"마스터 최는 후안을 잘 알고 있잖아요. 물론 같은 동포이기도 하고요."

"……."

기원은 부인이 어떤 말을 하려는 것인지 대강은 알 것 같았다.

"나는 마스터 최를 좋아해요. 마스터 최는 무도인으로서도, 또 한 인간으로서도 훌륭해요. 자기 자신을 극복해 가며 긍정적인 사고로 건강하게 살고 있는 마스터 최를 나는 좋아합니다. 그러나 게릴라 출신들이 대개 그렇듯이 후안은 어두워요. 그래서 나는 후안과 그 무리들을 생리적으로 싫어해요. 그들과 가까이하지 마세요. 내가 마스터 최한테 처음으로 하는 충고예요. 아니 충고라기보다는 오히려 부탁이에요."

"어떻게……?"

메리 부인은 금장식이 있는 담배 케이스에서 담배를 꺼내 입에
물었다. 홍석이 불을 찾기 전에 늙은 웨이터 네스트로가 얼른 그
녀의 담배에 불을 붙였다.

"후안과 친한 걸 어떻게 알았느냐는 말씀이죠? 이 콜롬비아 안
에서 내가 모르는 일은 아마 없을 거예요."

기원의 등에 식은땀이 흘렀다. 기원은 홍석을 만날 때는 물론,
그의 사생활조자도 누구에게든 노출시키지 않았었다. 그런데 어
떻게 그녀가 알았을까? 기원은 갑자기 소름이 끼쳤다.

"마스터 최, 게릴라들과 일반 국민들은 우리에게 자기들의 몫까
지 우리가 가져갔다고들 하지만, 우리는 우리들의 재산을 그냥 누
워서 얻은 것이 아니에요. 우리 조상들(스페인)이 피와 땀으로 이
루어 놓은 가문과 재산이에요. 우리는 선조들이 이루어 놓은 재산
을 어떻게 하면 잘 지킬 수 있는지 그것만을 생각하고 노력한 사
람들이에요. 일반 국민들보다 몇 배나 노력하고 있다고요."

"부인, 저는 부인을 존경합니다. 부인은 먼 이국땅에 와서 맨몸
으로 뛰는 저를 밀어주시고 격려해 주신 은인이십니다. 또한 저는
외국인인 동시에 제 고국의 명예를 걸고 이 낯선 타국에서 우리나
라의 국기인 태권도로 제 조국, 대한민국을 알리는 민간 외교인으
로서 부끄러움 없는 생활을 해야 할 무도인일 뿐입니다. 더더욱
이 나라의 정치엔 관심을 가져서도 안되고 갖지도 않습니다. 단
지, 후안(홍석) 대장만은 인간적으로 존경하고 있습니다. 같은 남

자로서 말입니다. 그 점을 이해해 주십시오. 저는 사람들이나 생활에 편견을 갖지 않습니다. 오로지 태권도라는 무도인으로서의 제 분수를 지킬 겁니다."

"마스터 최, 현 정부는 국민들의 민심을 잡으려고 게릴라들과 평화협상도 하고 그들을 제도권으로 끌어들이려고 하지만, 우리들 그룹에서는 반대예요. 그들을 받아들이면 우리 것을 지킬 수가 없기 때문이에요."

기원은 메리 부인과 헤어져서 보고타 시 교외에 있는 소금성당으로 갔다. 소금으로 된 암반 속에 성당이 지어졌다.

기원은 어린 아기예수를 안고 있는 마리아상을 바라보며 어머니를 생각했다. 기원은 어마어마한 소금의 산을 깎아 성당을 지은 콜롬비아 사람들에게 감탄하며, 신이 주신 이 풍부한 자원이 오히려 사람들을 이렇게 황폐하게 만들었구나 하고 생각했다. 신의 축복이 오히려 저주가 되어 이 땅의 사람들, 부자와 빈자들이 서로 죽이고 빼앗고, 부자들의 욕심은 끝도 없이 하늘을 찌르고 가난한 사람들은 최소한의 인간적인 삶도 누리지 못하는 이 땅.

기원은 자원이라고는 기름 한 방울 나지 않는 가난한 나라, 그러나 산천이 수려하여 어디서나 아무 데서나 마실 수 있는 물밖에 없는 나라, 자신의 조국 대한민국으로 돌아가고 싶었다.

고향이 그리웠다. 그러나 기원은 홍석과의 약속을 지켜야만 했다. 그와 함께 고향땅으로 돌아가야 한다. 기원은 홍석을 생각하면 마음이 답답했다. 게릴라 대장 때보다도 지금이 더욱 위험했다. 지금 그는 그를 노리는 적들에게 완전히 노출되어 있었다. 그러나 홍석은 그 사실을 아는지 모르는지, 어느 곳이든 관계없이 군중들 속에 들어가서 연설을 했다.

소니야는 홍석의 곁에 늘 함께 있었다. 그녀는 자신의 청춘도, 사랑도 다 잊어버렸다. 아니, 그녀 자신은 이미 없었다. 어렸을 때부디 지금까지 홍식은 자신의 보호사였다. 늘 그와 함께 생활하면서 그의 인격과 무서울 만큼 강인한 정신력을 익히 알고 있었다.

그러나 이번 정부와의 협상 테이블에서의 그의 태도는 또 다른 모습이었다. 조금의 사심도 없이, 오로지 당과 당원들의 장래와 나아가 더 많은 국민들에게 혜택이 돌아갈 수 있는 정책 결정이 되도록 노력하는 그를 바라보며, 형제가 아닌 한 단체의 강한 리더로서 그를 존경하게 되었다. 그녀는 어떤 일이 있어도 이제는 그를 보호해야 된다고 결심했다.

매일 아침 바쁜 홍석을 대신해서 작전회의를 주재하고, 홍석의 경호원들을 직접 진두지휘했다. 그녀는 알고 있었다. 본격적인 싸움은 이제부터 시작이라는 것을……. 자신들의 당이 죽느냐 사는냐는 홍석의 안전에 달려 있었다. 홍석에 대한 국민들의 인기는 점점 높아져 갔다. 그런데 이때, 후안 대장의 정치철학을 긍적적인 시각에서 논설을 썼던 한 언론인이 '극우파 무장사병'들로부터 암살을 당했다. 홍석의 캠프는 바짝 긴장했다.

비밀리에 나초와 기원이 만났다. 이제 나초와 기원도 조심해야 했다. 홍석의 캠프팀과는 일체의 외부적인 접촉은 하지 않고 물밑 작전으로 들어갔다. 나초도 사설 정보원들을 더 많이 고용했다. '극우파 무장사병' 측과 홍석의 당을 인정하지 않는 기존 정당 측, 영원히 변화를 원치 않는 상류사회 멤버들의 측근들 곁에 정보원들을 암암리에 배치시켰다.

기원도 홍석의 부하들로 팀을 몇 팀씩으로 나눠 짜서, 경호 훈련을 강도 높게 번갈아 시키면서 홍석의 안전을 지켰다. 나초가 비밀리에 운영하고 있는 캠프 측의 한 여론조사에 의하면 홍석의 인기도는 점점 상승세였다. 후보 TV토론에서 홍석은 외쳤다.

"우리 콜롬비아인의 자체적인 변화와 시민사회의 형성이 없는 사회는, 고여 있는 물과 같다는 역사적 진리를 깨달아야 합니다."

소니야는 보았다. 거인을…….

그동안은 혈육처럼 너무 가까이에 있었기 때문에 제대로 보지 못했던 부분까지 그녀는 보았다. 홍석의 작은 몸은 온통 불덩어리처럼 열정적이었다. 군중들은 소리를 질렀다.

"후안! 후안! 우리들의 희망!"
"후안! 후안! 우리들의 대장!"

소니야도 군중들과 함께 목이 터져라 외쳤다. 소니야는 군중들과 함께 소리를 지르며 앞에 있는 작은 거인을 존경했다.

# 8

　홍석은 산을 올라가고 있었다. 이상하게도 혼자였다. 소니야도 보이지 않았고, 그림자처럼 그의 곁을 떠나지 않던 대원들(경호원들)도 없었고 그의 측근인 부장들도 없었다. 운무가 산허리를 감고 조금씩 이동하고 있었다.

　산을 오르고 있는 홍석 앞으로 갑자기 안개가 눈앞을 가렸다. 한 치 앞도 보이지 않았다. 홍석은 조심조심 더듬어서 앞으로 앞으로 올라갔다.

　그는 그동안 안데스 산맥을 표범처럼 이 산, 저 산으로 옮겨 다녔지만 이렇게 지독한 안개는 처음이었다. 그래도 홍석은 묵묵히 한 걸음 한 걸음, 안개를 헤치며 올라갔다.

　얼마쯤 올라가니 어느 틈엔가 안개가 걷혔다. 산꼭대기를 올려다보니 꿈에서 가끔 뵈었던 어머니가 그곳에 서 계셨다. 홍석은 너무나 반가웠다.

“엄마!”

손을 흔들며 산꼭대기로 뛰어가려고 하는데, 웬 발이 그렇게 무거운지 발걸음이 떨어지지 않았다. 마음은 안타깝고 발은 떨어지지 않았다. 어머니는 흰 한복에 엷은 미소를 띄울 듯 말 듯한 표정으로 손을 내밀었다. 홍석은 손을 내밀어 어머니의 손을 잡으려고 했으나 잡히지 않았다.

“엄마!”

홍석은 계속 안타까이 엄마를 불렀다. 어머니는 홍석에게 따라오라고 손으로 부르면서 안개 속으로 사라졌다. 홍석은 안타까이 ‘엄마’를 불렀다. 그러나 어머니는 안개 속으로 사라지고 아무리 둘러보아도 어머니는 없었다. 홍석은 너무나 안타까워 자신도 모르게 눈물이 났다.

그런데 저만치에서 양아버지 후안 상사가 나타났다.

“파파!”

홍석은 어리둥절했다.

꿈에 그리던 어머니가 나타났다가 사라져 버린 그곳에 후안 상사가 나타나다니…….

“파파!”

홍석은 소리쳐 부르며 양아버지를 따라가려고 했으나 여전히 이상하게도 발이 한 발자국도 움직여지지 않았다.

“파파!”

홍석은 소리를 질러 후안 상사를 불렀다. 그러나 후안 상사는 산 너머로 가버렸다.

"파파! 파파!"

진숙은 괴롭게 소리를 지르면서 잠꼬대를 하는 홍석을 흔들어 깨웠다.

"웬 잠꼬대예요, 또 꿈을 꾸었어요?"

홍석의 온몸은 식은땀으로 범벅이 되어 있었다. 진숙은 물수건으로 그의 얼굴과 온몸을 닦아주었다.

'가여운 사람, 어린 나이에 피투성이가 된 어머니의 모습을 보았으니 왜 마음에 상처가 없겠나? 그 상처는 아물지도 않고 아직도 이 사람의 가슴 속에서 피를 철철 흘리고 있구나.'

그녀는 홍석의 머리를 자기의 가슴에 꼭 끌어안았다. 홍석은 순하디 순한 착한 아이가 되어 진숙의 가슴으로 파고들었다.

그는 진숙의 가슴을 만지며 말했다.

"수많은 싸움 속에서 너는 내 안식처였다. 하지만 내가 너를 한 번도 행복하게 해주지 못해 늘 미안했다."

"왜 그런 말을 해요? 당신을 만나서 얼마나 행복했는데요."

단단한 홍석의 가슴에서 그녀는 흐느꼈다.

왜, 이 남자의 품에 안기면 행복하면서도 불안할까?


홍석은 일어나 앉아 입에 담배를 물었다. 엄마가 자신을 향해 손짓을 하고 양아버지가 나타났다가 사라졌다. 그는 아직도 엄마의 손을 잡지 못한 것이 안타까웠다.

'왜 꿈에 한국의 어머니와 양아버지가 함께 보인 것일까?'

홍석은 어머니가 그를 한국으로 부르시는 것이라고 생각했다.

‘그래, 총선만 끝나면 한국부터 가자.’

양아버지 후안 상사가 홍석에게 잊지 않도록 늘 말해주던 곳.
홍석을 만났던 곳. 엄밀히 말하면 피투성이 어머니의 시체 앞에서
홍석이 울고 있었던 곳. 화천 죽동 부근의 큰 골로 이동중일 때였
으니까 화천의 죽동 부근이 어머니가 돌아가신 곳, 즉 그의 고향
일 것이라고 말했다.

홍석은 결심했다.

‘총선이 끝나면 고국인 한국으로 꼭 돌아가리라.’

그는 최기원이 몹시 보고 싶었다.

기원은 나초의 아지트에서 홍석을 만났다. 기원은 매일매일 홍
석의 행적을 보고받았지만 만나기는 오랜만이었다. TV에서나 신
문 지상에서 보는 것보다 홍석의 얼굴은 더 여위어 있었다. 그러
나 그의 눈빛만은 더욱 형형하게 빛이 났다.

홍석은 간밤의 꿈 이야기를 하면서 총선이 끝나면 한국으로 돌
아가겠다고 기원에게 다짐했다.

“자네, 돌아갈 수 있지? 아니면 휴가라도 내어서 잠깐이라도 다
녀오자고.”

“저는 괜찮은데, 형님께서 시간이 없으실 텐데요. 총선이 끝나
면 어떤 결과가 나오더라도 한국에 돌아갈 틈이 나겠습니까?”

기원은 왠지 모르게 불안했다. 초조한 모습으로 홍석이 부쩍 고

국과 어머니를 그리워하는 것이 왠지 기원을 불안하게 했다. 나초도 불안한 듯 거들었다.

"자네, 지금이 어느 땐데 한가하게 고국이니 어머니니 여유를 부리고 있어?. 이 사람아, 자넨 지금 전쟁을 치루고 있는 거야. 언제 어디서 어떤 형태로 공격해 올지, 사방천지가 모두 자네의 적 아닌가? 지금 그런 이야기를 할 여유가 없네. 더욱 긴장하게. 자네에게 바늘 구멍만한 틈이라도 보이면 이제까지 고생했던 일들이 모두 물거품이 되네. 알겠나? 내 말을……."

홍석은 나초의 어깨를 두드렸다.

"걱정하지 말게. 나는 불사조가 아니던가? 한국의 전쟁터에서도 살아남았고, 또 오늘까지 죽지 않고 살아남은 건 기적일세. 이 사람아, 나는 할 일이 남아서 죽을 수가 없네."

그는 기원을 보며 말했다.

"아무튼 이번 총선이 끝나면 자넨 나랑 같이 고국으로 돌아갈 준비를 하고 있게. 알았나?"

"예, 형님."

기원은 대답은 했으나 왠지 불안했다. 기원도 후안 대장과 함께 고국에 돌아가고 싶었다. 그가 곁에 있으면 기원의 어깨는 외로움에 시리지 않을 것 같았다.


오늘은 보고타의 중심지 쎈뜨로에서 유세가 있는 날이다. 센뜨로를 중심으로 보고타는 북쪽의 노르떼 지역과 남쪽의 수르 지역으로 나뉘어져 있었다. 이곳은 스페인의 식민지 시기와 독립 이후에 지어진 과거의 건물들이 많이 남아 있으며, 콜롬비아의 높은 건물들과 가장 중요한 시설들이 집중해 있는 곳이었다. 그리고 휴일이면 벼룩시장이 서서 서민들이 물건들을 싸게 구입하기도 하는 곳이었다.

홍석은 샤워를 끝내고, 면도를 하고 있었다. 거울 속의 자신의 모습은 영락없는 인디오의 피가 섞인 콜롬비아인이었다.

홍석은 자신도 모르게 약간 긴장되어 있었다. 그는 면도를 하다 말고 며칠 전 꿈에 나타났던 어머니와 후안 상사를 생각했다.

여기저기에서 대포 소리가 나고 총소리가 났다. 건물들이 부서진 사이에 쓰러진 어머니 곁에 울고 있는 어린 시절의 자신의 모습이 영화 장면처럼 스쳐 지나갔다. 그리고 양아버지 후안 상사가 자신을 부대에서 또는 배낭 속에 넣고 진군하다가 잠깐씩 배낭을 열고 빙긋 웃으며 키스해 주던 모습. 레이숀 박스를 뜯어서 자신에게 초콜릿과 비스킷을 주며 웃던 모습. 배낭 속에 들어갔을 때, 죽을 것처럼 숨이 막히는 고통과 소변이 마려운 걸 얼굴이 빨개지도록 힘을 주고 참았던 기억들. 양아버지의 휘파람 소리에 움츠리고 있던 몸을 세우고 배낭 구멍 위로 머리를 내밀며 숨을 내쉬던 자신의 모습을 안쓰럽게 보며 힘껏 안아주던 후안 상사의 모습이 그리웠다. 홍석은 눈시울이 뜨거워졌다.

막바지 유세를 앞두고 왜 갑자기 옛날 생각을 하며 감상적이 되었는지 그 자신도 모를 일이었다.

다시 거울을 보니, 그의 뒤에 소니야의 얼굴이 겹쳐져 있었다.

"소니야!"

그는 돌아서며 소니야를 포옹했다.

"대장!"

소니야도 홍석을 힘껏 끌어안았다. 홍석은 소니야의 얼굴을 비로소 가장 가까운 거리에서 마주보았다. 소니야도 이제 어느덧 마흔이 훌쩍 넘은 여인이 되어 있었다.

홍석은 소니야의 얼굴을 보며 새삼 놀랐다. 그녀는 이미 농염한 여인이었다. 인형같이 깜찍하게 예뻤던 어린 계집아이였던 그녀의 모습은 어디로 가고, 어느덧 완숙한 여인이 되어 있었다. 그는 소니야와 늘 함께였었다. 형제처럼 혹은 동지처럼……. 그런데 그녀가 이렇게 변한 걸 몰랐었다.

그는 자신의 모습을 거울 속으로 들여다보았다. 그 자신도 많이 변해 있었다.

홍석은 호주머니에서 낡은 흑백사진 한 장을 꺼냈다. 한국전쟁 때 부대 영내에서 후안 상사가 찍은, 작은 군복을 입은 사내아이가 거기 있었다. 머리통은 깎은 밤처럼 동그랗고 눈이 커다란 귀여운 사내아이였다.

홍석은 어릴 때의 유일한 사진인 그 사진 한 장을 늘 품에 넣고 다녔다. 그런데 지금 거울 속의 그의 얼굴은 오랜 동안의 산(山) 생활과 고된 훈련 탓에 어릴 때의 천진하고 귀여운 모습은 간 데 없고, 나무껍질처럼 거칠고 날카로운 눈이며 영락없는 짐승의 모습이었다.

홍석은 소니야가 마치 자신의 분신처럼 느껴지며 가여운 생각이 들었다. 다른 여자들처럼 예쁜 소녀 시절도, 처녀 시절도 없이 이 산, 저 산으로 옮겨 다니며, 늘 그와 함께한 고생뿐이었다.

홍석은 갑자기 콧등이 시큰해졌다.

"소니야!"

소니야가 그를 바라보았다.

"조금만 참아, 소니야. 그리고 우리의 임무가 끝나면 소니야는 평범한 여자로 돌아가 행복해야 돼. 소니야는 꼭 행복해야 돼. 알 았지?"

소니야는 울었다.


홍석의 입에서 자기들의 개인적인 생활에 대한 말이 나온 것은 처음이었다. 그는 소니야가 여자라는 걸 한번도 배려해 준 적이 없었다. 훈련도 남자 대원들보다 더 지독하게 시켰고, 늘 어떤 생각을 하고 있는지 자신의 감정조차 표현하지 않는 그였다.

그런데, 오늘 그는 소니야를 여자로 보고 있는 것이었다. 그리고 그녀에게 행복에 대해 말을 했다.

"행복……!"

소니야로서는 너무나 거리가 먼 단어였다. 그러나 그녀는 홍석의 곁에서 그림자처럼 따라다니는 동안 불행하다는 생각을 해본 적이 없었다. 어쩌면 그런 걸 생각할 여유조차 없었는지도 몰랐다. 그런데 오늘 홍석이 처음으로 그녀에게 특별한 표현을 했다.

"대장, 오늘은 중요한 유세야. 우리들 이야긴 다음에 해."

"소니야. 만약에, 나에게 무슨 일이 생기면 반드시 나초와 의논해. 알았지……?"

"무슨 일……? 그런 쓸데없는 말은 하지 말어."

소니야의 굳은 표정을 본 홍석은 웃는 표정을 지어 보였다.

"그냥 만약을 대비한 말이니까 신경 쓰지 마라."

홍석은 소니야를 다시 한 번 뜨겁게 안았다.

"내 누이여, 내 동지여, 사랑한다. 소니야, 그동안 내가 너무 지독하게 굴었지?"

소니야도 홍석의 품안에서 울고 싶었다. 부모가 없는 고아인 그녀였지만, 홍석이 늘 그녀의 곁에서 지켜주었기 때문에 외롭지 않았다. 그녀가 당원들을 이끌 수 있도록 힘을 만들어 준 것도 홍석의 노력이었다.

그는 소니야에겐 철저한 보호자 노릇을 해왔다. 두 사람 모두 피가 끓는 젊은이들이라는 걸 잊어버릴 정도로 긴장하며 살아온 나날이었다. 그런데 오늘 아침 문득 소니야가 여자로 보였다.

"대장이 없었다면 내가 어떻게 살았겠어? 대장이 아니었다면 거지나 창녀가 되었을 텐데, 나를 공부시키고 오늘날의 이 소니야로 만들어 주었어. 나는 대장만 곁에 있으면 누구도 부럽지 않아. 무섭지도 않고."

홍석은 그런 소니야의 긴 머리칼을 쓸어내리고 있었다.

"대장, 어서 준비해. 조금 있으면 여길 떠나야 해. 모두들 대장을 기다리고 있어."

"알았어. 근데, 이상하게 오늘은 최기원, 그 친구와 나초가 무척이나 보고 싶군."

"오늘은 대장답지 않은 말만 하네. 나중에 볼 텐데, 뭘. 남들이 보면 대장은 마스터 최와 나초, 세 사람이 동성 연애하는 사이 같다고 할 거야."

"그럴까?"

"그럼."

둘은 마주보며 웃었다.

소니야는 홍석이 저렇게 환하게 웃는 것을 처음 보았다. 그리고 그의 웃는 모습이 무척이나 아름답다고 느꼈다.


홍석이 이곳 쎈뜨로를 마지막 단계의 유세지로 결정한 것에는 깊은 뜻이 있었다. 이곳은 쎈뜨로를 중심으로 북쪽의 노르떼 지역과 남쪽의 수르 지역으로 나눠지는 곳이다. 다시 말하면 쎈뜨로를 중심으로 북쪽엔 상류층, 남쪽엔 빈민촌들이 모여 있는 곳의 중심 지역이기 때문이었다.

보고타 시민들은 쎈뜨로 유세장에 구름처럼 모여들었다. 말을 탄 기마병들이 만약의 사태를 대비해서 유세장을 에워싸고 있었고, 시민들은 목이 터져라 홍석을 불렀다.

진숙도 유세장으로 갔다. 간밤의 꿈이 어쩐지 마음에 걸렸다.

결혼식장이었다. 진숙은 신부 차림으로 하얀 면사포를 쓰고 신랑인 홍석을 기다리고 있었다. 진숙은 꿈속에서 너무 행복했다. 이것이 꿈이 아닌가 생각했다.

그런데 이상하게 신부가 신랑을 기다리고 있었다. 드디어 홍석이 검은 양복을 입고 나타났다. 평소의 그답지 않게 깔끔하고 멋있는 모습이었다. 진숙을 향해 환히 웃으며 걸어오던 홍석이 갑자기 돌아서고 있었다. 깜짝 놀란 진숙이 홍석을 불렀으나 홍석은 말없이 돌아서서 걸어가고 있었다.

성당 문 밖, 햇살이 눈부시게 비추는 그 속으로 그는 점점 점처럼 멀어져 가더니 보이지 않았다. 진숙은 목이 터져라 홍석을 불렀으나, 그녀의 목소리는 소리가 되어 나오지 않았다. 안타까워하다가 잠이 깼다.

꿈이었다. 그녀는 시계를 보았다. 오늘따라 늦잠을 잤다. 그녀는 한참을 멍하니 앉아 있었다.

'대체 무슨 꿈인가?'

'내가 홍석과 결혼식 하는 장면을 마음속으로 생각해서 그런 꿈을 꾸었나?'

그녀는 멍하니 앉아 있다가 갑자기 일어나서 옷을 갈아입고는 유세현장으로 달려갔다.

쎈뜨로 광장엔 사람들이 구름처럼 모여 있었다.

그녀는 군중 속에서 멀리 단상에 있는 홍석을 보았다. 저기 있는 저 사람이, 자신의 품안에선 한없이 여린 저 사람이 내가 아는 사람이었던가 할 정도로 그는 거인이었다.

"후안! 후안!"

홍석이 단상에 올라섰다.

사람들은 후안을 부르며 열광했다.

"사랑하는 보고타 시민 여러분!

우리 당인, 국민의 당은 여러분들의 당입니다. 우리들은 지금 이 시간을 위해 오랫동안 준비해 왔습니다. 우리 당은 이 총선에서 반드시 승리할 것입니다. 왜냐하면 우리 당의 승리는 여러분들의 승리이기 때문입니다. 우리는 이제 변화해야 합니다. 그동안 변화를 두려워하는 극소수의 기존 세력들과 권력들의 야합 때문에 대다수 국민들은 인간으로서의 최소한의 권리조차 누리지 못하고 살았습니다.

친애하는 국민 여러분!

우리 당은 이번 총선에서 꼭 이겨서 여러분들의 입장에서 여러분들을 위한 정책을 갖고, 기존 정치권과 타협과 싸움을 해나갈 작정입니다. 우리 당의 신선한 아이디어가 이제까지 구태의연했던 정치권을 변화시킬 수 있다면……, 하는 바람밖에 없습니다. 여러분!"

민중들은 목이 터져라 박수를 치며 홍석을 부르짖고 있었다.

"후안! 후안! 우리들의 대장!"

"후안! 후안! 우리들의 희망!"

유세장은 온통 흥분과 열정으로 가득 채워졌다.

소니야를 위시한 당원들도 대중들의 환호 소리에 정신을 차릴 수 없을 정도로 들떠 있었다.

그런데 이때 어디선가 폭음 소리가 들렸다.

진숙은 군중들 속에서 폭음 소리를 들음과 동시에 반사적으로 단상 쪽을 쳐다보았다. 단상이 연기에 휩싸여 있었다. 진숙은 정신없이 사람들을 헤치며 단상 쪽으로 뛰어갔다. 사람들은 비명을 지르며 후안 대장을 불렀다.

단상은 사제폭탄에 주저앉아 버렸고, 홍석은 피투성이가 되어 쓰러져 있었다. 쓰러져 있는 홍석의 주위엔 홍석의 경호를 맡은 대원들도 함께 쓰러져 있었다. 단상 근처는 비명을 지르거나 소리치며 우는 사람들로 몇 겹으로 둘러쳐져 있었다. 유세장은 그야말로 아수라장이었다.

사람늘을 헤치며 앞으로 나아간 진숙은 쓰러져 있는 홍석을 본 순간 그대로 기절했다.

홍석은 의식이 몽롱한 가운데 사람들의 비명소리와 앰뷸런스의 사이렌 소리를 들으며, 자신은 구름 속의 비행기를 타고 한국으로 가고 있었다. 함께 가자고 했던 기원은 곁에 없고 혼자였다.

'같이 가자고 했는데, 왜 나 혼자 가나……?'

홍석이 생각하고 있는데, 구름 위에 한국이라고 써 있는 터미널이 보였다. 비행기는 터미널에서 멈췄다. 홍석은 비행기 트랩을 내려갔다. 트랩 아래에 늘 꿈속에 나타나시던 흰 한복을 입은 어머니가 눈으로 웃으며 홍석의 손을 잡았다. 홍석은, "엄마" 하고 불렀으나, 소리가 되어 나오지를 않았다.


텔레비전을 통해 유세장을 생중계하는 장면을 보고 있던 기원은 홍석이 쓰러지는 것을 보고 용수철처럼 튕겨 나갔다. 나초도 TV에서 홍석의 암살 장면을 보자, 그대로 테이블에 엎어졌다.

"오, 하나님."

몸을 일으킬 힘은커녕, 손가락 하나도 움직일 수조차 없었다.
말로는 표현할 수 없는 큰 충격이었다.

보고타 시내에 있는 묘지(우리나라의 국립묘지와 공원묘지, 공
동묘지를 합친 것과 같다.)에는 빈자와 부자가 같은 묘지 안에 묻
혀 있다. 물론 스페이스라든가, 석물의 조각과 도기 등에 따라서
이곳에도 빈부의 차이가 많은 곳이었다.

이 묘지 안에 발 디딜 틈도 없이 사람들이 모여들었다. 유세 도
중 암살 당한 후안 대장의 장례식이 거행되고 있었던 것이다. 상
복 차림의 소니야를 위시한 당원들, 그리고 그 당원들 뒤로 흰 한
복을 입은 여인의 모습이 보였다. 장례식 장면이 콜롬비아 전국에
생중계되고 있었다.

후안 대장이 암살 당할 때도 텔레비전 생중계였고, 장례식 또한
생중계로 방영되었다. 국민들은 홍석의 죽음이 곧 자기들의 죽음
인 것처럼 비통해 하고 있었다. 그리고 홍석을 암살한 부류들에
대한 원성이 하늘에 닿았다.

장례식에는 국민들의 눈을 의식해서인지, 각 정당 대표는 물론
정부의 거물급들이 조문객으로 참석했고, 대통령도 비서실장을
보내 소니야에게 깊은 애도의 뜻을 전했다.

후안 대장은 죽었으나, 국민들의 가슴엔 생생하게 살아있었다.

날이 갈수록 그에 대한 추모의 정은 더해갔다. 후안 대장은 비록 몸은 죽었으나, 오히려 콜롬비아 국민들의 가슴속에 더 깊이 살아 있었다.

홍석이 이끄는 국민의 당은 대장의 죽음으로 더 이상 싸울 전의를 잃어버렸다. 특히 말할 수 없이 애통해 하는 사람은 소니야였다. 소니야는 홍석의 죽음을 인정하려 들지 않았다. 그녀는 그가 그녀 곁을 떠날 수 있다는 사실을 받아들일 수가 없었다. 평소처럼 나갔다가 훌쩍 그녀 앞에 모습을 나타낼 것 같은 생각에 잠을 이룰 수도 없었고, 아무 일도 할 수가 없었다.

어느 날, 나초가 사람을 보내어 소니야를 만나자는 전갈을 보내왔다. 나초가 보낸 사람을 따라 나초의 비밀 캠프로 가니 최기원이 와 있었다. 두 사람을 본 소니야의 큰 눈에 눈물이 가득 고였다. 나초와 기원도 소니야 못지않게 초췌해 보였다.

나초는 한 팔을 벌리고 소니야를 품에 안았다. 그리고 흐느껴 우는 소니야의 등을 토닥거려 주었다.

잠시 후, 나초가 말했다.

"소니야, 내 말 잘 들어요. 후안 대장을 잃은 건 나와 또 옆에 있는 마스터 최에게도 말할 수 없는 고통이오. 그러나 소니야, 잘 생각해 봐요. 소니야가 그렇게 슬퍼하고 의기소침해 있으면 그동안 후안 대장이 공들였던 당의 조직은 어떡하란 말이오? 후안 대장은 혹시 있을지도 모르는 불행한 사태에 대비해서 어려움 속에서도 소니야 당신에게 공부를 시켰고, 여자의 몸인데도 불구하고 남자보다 더 무서운 훈련을 시켰던 거요. 그리고 당신을 중심으로 조직을 재편성한 것도 모두 그 때문이었소.”

“저는 대장이 총선 때문에 그렇게 한 줄 알았어요. 설마 그가 나 혼자 두고 떠나가리라고는 꿈에도 생각하지 못했어요. 물론 위험한 것은 알고 있었지만 그만은 피해갈 줄 알았어요. 저 혼자 어떡하라구…….”

나초는 낮지만 확신에 찬 목소리로 말했다.

“소니야, 당신은 할 수 있어요. 아니 꼭 해야 하오. 후안 대장의 뜻을 받들어 그의 뜻을 이루어야 할 책임이 당신에게 있는 거요. 알아들었소?”

소니야는 고개를 끄덕였다.

“당신은 약한 여자가 아니오. 당신은 후안 대장이 훌륭한 리더로 준비해 온 사람이라는 걸 잊지 마시오. 그리고 이번 총선에 후안 대장의 뒤를 이어 출마하시오. 마침 후안 대장에 대한 국민들의 추모가 날이 갈수록 더해가고 있소. 이때, 그의 뒤를 이어 의회로 나가야만 하오. 알아듣겠소? 내 말을…….”

“소니야.”

기원은 소니야의 손을 잡았다.

“마스터 최.”

“후안 대장이 나초에게 당신을 부탁한 거요. 모든 걸 나초와 의논해서 하시오. 알겠소?”

소니야는 두 남자의 손을 번갈아 잡으며 굳게 약속했다.

“두 분 말씀, 잘 알았습니다. 자신은 없지만 대장의 유지를 받들어 우리 당을 이끌어 가겠어요. 두 분, 많이 도와주십시오.”

“물론이오. 후안 대장이 하늘에서 소니야를 지켜줄 거요. 나 또한 최선을 다하겠소.”

“감사합니다.”

소니야는 눈물이 나오려는 걸 꿀꺽 삼켰다. 그리고 이제부터는 울지 않겠다고 다짐했다. 소니야는 홍석이 자신에게 뭘 원하는지 잘 알았다. 상원의원에 도전해서 그가 이끌어 왔던 당을 제도권으로 끌어들여, 그가 원하던 가난하고 불쌍한 국민들이 최소한의 인간적인 삶을 누릴 수 있도록 싸우리라 결심했다.

소니야는 후안 대장이 유세하다가 암살 당했던 곳인 쎈뜨로에서 출마했다. 그리고 그가 암살 당했던 자리에서 유세를 했다.

후안 대장을 사랑했던 시민들은 주저하지 않고 소니야에게 표를 주었다. 물론 그녀의 뒤에서 물심양면으로 적극적인 도움을 준 나초의 공도 컸다. 어쩌면 배후에서 국민의 당을 위해 물밑작전을 한 나초의 노력 때문인지도 몰랐다. 소니야가 이끄는 국민의 당은 소수의 의석이긴 했지만, 일단 제도권 진입에 성공했다.

나초의 비밀 캠프에서 개표상황을 지켜보던 기원은 소니야의 당선이 확실하게 되자, 나초와 뜨겁게 포옹했다. 두 사람은 동시에 이 자리에 없는 홍석을 생각했다.

“형님, 보고 계십니까? 소니야가 해냈습니다. 형님도 기쁘시죠?

선거가 끝나면 저랑 함께 고국에 가자고 약속하시곤, 형님은 지금 어디에 계십니까? 형님."

기원이 여지껏 참았던 눈물이 통곡이 되어 꺽꺽거리며 나왔다. 그런 기원을 보는 나초도 의자를 돌려 창 밖에 시선을 고정하고 있었다.

한편 소니야를 위시해 소수 의석을 차지한 국민의 당(홍석의 당) 당원들은 당선확정 소식을 듣고 홍석이 묻혀 있는 묘지로 갔다. 묘지를 지키고 있던 관리사무실 직원이 소니야에게 축하인사를 했다.

홍석의 무덤은 참배객들의 꽃으로 뒤덮여 있었다. 그를 사랑하는 시민들의 참배가 줄을 이었다.

소니야는 홍석이 살아있는 듯 말했다.

"대장, 우리가 이겼어요. 아니, 대장이 이겼어요. 대장이 이루지 못하고 간 뜻, 당신처럼 잘하지는 못하겠지만 이 소니야가 노력하겠어요."

소니야는 홍석이 암살 당하던 날 아침, 그녀를 뜨겁게 포옹하며 말했던 홍석의 말을 떠올렸다.


'소니야, 조금만 참아. 그리고 우리의 임무가 끝나면 소니야는 평범한 여자로 돌아가 행복해야 돼. 소니야는 꼭 행복해야 돼. 알았지……?'


그녀는 그날을 생각하며 눈시울이 뜨거워졌다.

'아니오. 저는 지금 깨달았어요. 저두 당신 뒤를 따를 거예요. 죽는 날까지 당신이 사랑했던 가난한 민중들을 위해 작은 힘이나마 보태겠어요. 오늘 당신 앞에서 약속하겠어요. 이 소니야의 개인적인 행복은 이미 당신과 함께 죽었어요.'

긴 이야기를 끝낸 기원의 얼굴은 아픔을 참는 듯한 고통과 쓸쓸한 표정이, 이제 막 산 그림자가 내려앉는 지리산 자락과 묘한 조화를 이루면서, 기원을 바라보는 정선혜의 가슴에 깊은 감동을 주고 있었다.

"그럼, 소니야라는 분은 지금 콜롬비아의 상원의원인가요?"

"제가 콜롬비아를 떠날 때까지 상원의원이었는데, 얼마 전에 편지가 왔었어요. 임기를 끝내고 자신이 살던 집을 개조해서 '시인의 집'을 만들어 누구든지, 시를 읽고 싶은 사람이나 책을 보고 싶은 사람은 그 집에서 보고 읽게 할 수 있게 해놨다더군요."

"그래요? 그분은 시를 좋아하셨나요?"

"콜롬비아인들은 문학을 사랑하는 민족입니다. 아마 제 생각에는 제도권에서의 정치활동에 한계를 느꼈던 모양입니다. 그래서 자신의 집을 '시인의 집'으로 만들어 놓은 것은 문학뿐만 아니라 일반 대중에게 자신의 마음을 활짝 열어 놓고 함께 나누고 싶다는 뜻이 아닌가 싶습니다. 그런 의미로 '시인의 집'은 상징적인 집이죠. 빈부의 격차가 심한 나라, 계층 간의 벽이 두터운 나라에서 그녀는 작은 '시인의 집'을 통해 빈부의 격차나 계급주의에 대한 국민들의 계몽운동을 하는 것이라고, 어쩌면 소니아는 이 '시인의 집'을 통해 후안 대장의 이상을 실천하려고 하는 것이라는 생각이 들어요."

"그리고 그 나초란 분, 무척 캐릭터가 강한 인물인데요. 지금도 에메랄드 장사를 하나요?"

"물론이죠. 나초는 에메랄드 상인들에겐 무서운 사람이에요. 약속을 어기는 자에겐 교수형보다도 더 무서운 벌을 내리죠. 나초에게 한 번 찍히는 에메랄드 상인은 세계 어디에서건 그 세계에 발을 붙이지 못하게 만들어요. 그러나 후안 대장에 대한 사랑만은 뜨거운 용암처럼 끓고 있는 사람이죠. 소니아가 '시인의 집'을 운영할 수 있는 것도 뒤에 나초가 있기 때문에 가능하다고 봅니다."

"또 한 사람, 〈비원〉의 여주인 진숙이란 분은 그 후에 어떻게 되었어요?"

"후안 대장이 폭탄 테러를 당하던 날부터 〈비원〉의 문을 닫고 임시휴일이라는 쪽지를 붙여 놓았는데 제가 콜롬비아를 떠날 때, 그분을 한번 만나고 싶어 〈비원〉으로 찾아갔더니 문은 굳게 닫혀 있고 인기척이 없었어요. 소니아도 그 여인을 찾으려고 했지만 찾지를 못했대요."

"정말 슬프면서도 아름다운 이야기네요."

"저는 그들로부터 참다운 인생을 배웠습니다. 후안 대장을 생각하면 너무나 그립고 고통스럽습니다. 연어가 머나먼 바다에서 자신이 태어난 곳으로 회귀하는 것처럼, 저도 삼십 여 년 만에 내 고국으로 돌아오기까지 참으로 힘든 세월이었습니다.”

기원은 산 그림자가 검은 장막을 친 지리산을 멍하니 바라보며 말했다.


정선혜는 연어가 자신이 태어난 곳으로 돌아오는 동안에 사람들이나 곰에게 잡혀 먹히기도 하는 위험을 무릅쓰고 세찬 물살을 헤치며 머나먼 바다에서 죽을 힘을 다해 산천으로 돌아오는 그림을 생각했다.

이 사나이도 다시 돌아와 고국에 뿌리를 내리기까지 얼마나 많은 위험한 고개를 넘었을지를 생각하며, 희미한 불빛에 비치는 그의 얼굴을 바라보았다.

정선혜의 마음속에서는 이 고독하고 추워 보이는 남자를 따뜻하게 안아주고 싶은 욕망이 일어나고 있었다.

# 아리조나의 추억

# 1

## 그의 아들

"저, 강민주 선생님 계세요?"

몹시 불안한 발음으로 나를 찾는 전화였다.

"예, 제가 강민주인데요……."

"저는, 미국에 사는 김국진 씨 아들입니다."

김국진…….

나는 수화기를 든 채 멍했다. 가슴 깊이 꾹꾹 눌러 놓았던 그리움이었다. 두 번 다시는 들어볼 수 없을 줄 알았던 젊은 날의 이름이었다.

국진의 아들과 약속한 시청 앞 프라자 호텔로 차를 몰아가는 내 가슴은 뛰었다. 그가 어떻게 내 연락처를 알았으며 자기 아들을 어떻게 나에게 보낼 생각을 했는지, 집에서 시청 앞 프라자 호텔까지 어떻게 운전하며 왔는지 모를 정도였다.

나는 2층 커피숍으로 올라갔다. 커피숍 입구에서 갑자기 가슴
이 꽉 막혔다.

김국진.

그가 입구에 서 있었다. 나는 정신을 가다듬었다. 젊은 날의 그의
모습을 꼭 빼닮은 그의 아들이 입구에서 나를 기다리고 있었다.

나는 그 애 앞으로 갔다. 그 애도 내가 자신이 기다리는 아빠의
친구라는 걸 알고 공손히 인사했다. 그가 아들에게 한국에 가면
인사를 잘 하라고 가르쳤나 보다. 그의 아들은 미국으로 이민 가
서 사란 다른 아이들 같지 않게 겸손하고 조심스러웠다. 나도 모
르게 처음 만나는 그 애에게 정이 갔다. 그의 아들이기 때문일까?
그런 내 마음이 전해져서인지, 그 애도 나를 좋아하는 것 같았다.

"전공이 뭐예요?"

나는 그 애를 배려하면서 물었다.

"영문학입니다."

"영문학? 좋지. 장래 뭘 하고 싶은데……?"

"작가가 되고 싶어요."

"미국에서 말이지?"

"네, 제가 자란 곳은 미국입니다. 전 한국을 잘 모릅니다. 그래
서 이번에 아버지가 저를 한국에 보낸 것 같아요."

그 애는 우리말이 서툴러서 무척 힘들게 더듬거리며 말했다. 나
는 그 애가 무척 안쓰러웠다. 모국어지만 외국어처럼 힘들게 말하
는 그 애가…….

"선생님은 대학교수라고 아빠가 말씀하셨는데, 무슨 과목을 가

르치시나요?"

"음, 역사를 가르치지."

"한국 역사 말이에요?"

"동양사야. 물론 한국 역사도 가르치고."

"네에."

그 애는 고개를 끄덕였다.

"김 군은 동양이나 한국 문화에 대해서 아는 것이 거의 없지?"

"네, 부모님들은 가게 하신다고 늘 바쁘시고, 저는 한국이 소수 민족 중의 하나라고만 알고 있었거든요."

"그래? 그럼, 오늘 하루만이라도 나랑 한국 문화를 돌아보자구."

나는 그 애를 데리고 중앙박물관으로 갔다. 선사시대부터 신라관, 백제관, 고구려관, 가야시대 등의 유물들, 특히 고려청자와 이조백자 등의 유물에 관심이 많았다. 또한 신라금관의 섬세함과 화려함, 백제의 소박함과 고구려의 웅장함들을 보면서 그 애는 무척이나 감탄을 했다.

"강 선생님, 저는 이제까지 한국 문화는 없고 일본 문화만 있다고 생각했었습니다."

나는 그 애에게 일본은 우리의 문화를 옮겨가서 발전·보급시킨 것이라고 설명했다. 특히 도자기 문화는 일본이 우리나라 도공들을 붙잡아 가서 꽃을 피우려고 했지만, 결국 우리 것은 만들지 못하고 일본식이 되었다는 말과 함께, 우리 민족의 우수성, 창의성과 독창성이 뛰어나다는 점을 그 애의 머릿속에 집어넣으려고 노력했다. 나는 그 애를 인사동으로 데리고 가서 점심을 먹었다.

날씨가 너무나 더워 연신 내 손수건으로 그 애 얼굴의 땀을 닦아
주며 그 애의 손을 잡았다. 나는 자연스럽게 그의 아들의 손을 잡
으며 옛날 대학시절, 그와 만나던 때를 생각했다.

　　나는 무척이나 촌스럽게 수줍음을 탔다. 교수님들이 17세기 여
자라고 할 정도로 한마디로 숙맥이었다. 그는 나와 거리를 걸어갈
때, 어떻게 하면 내 손을 한번 잡아볼까 생각했다. 그는 손을 떨면
서 내 손을 얼른 잡아 자기 코트 주머니에 넣었다. 그의 심장 뛰는
소리가 들릴 정도였다. 요즈음 젊은이들은 상상도 못할 것이다.
손 한번 잡는 것이 그렇게 어렵다는 것을……. 나는 싫지 않았다.
아니 오히려 감미로웠다. 그의 손은 크고 따뜻했다. 그러나 나는
큰 죄나 지은 듯 그의 손 안에서 내 손을 빼내며 말했다.
　“좀 떨어져서 걸어요.”
　그가 얼굴을 붉혔다.
　“내가 문둥이인 줄 아나?”
　그러면서도 그는 좀 떨어져서 걸었다. 나는 나도 모르게 웃음이
나왔다. 왜 그리 마음과 행동이 달랐는지. 내 자신의 감정에게조
차 솔직하지 못했던 젊은 날의 내가 우스웠다.
　　나는 그 애를 잡은 손에 힘을 주었다. 그 애도 웃으며 내 손을 잡
은 손에 힘을 주었다. 믿음의 표시이리라. 그 애도 그의 손처럼 크
고 따뜻했다.
　　나는 그 애에게 우리 것을 하나라도 더 보여주려고 부채를 사서
둘이서 부치며 석물이라든가, 이조 가구라든가, 갤러리 등을 보러

돌아다녔다. 그 애는 신통하게도 땀을 흘리면서도 진지하게 따라다녔다. 우리는 경인미술관 찻집에 마주 앉았다. 시원한 모과차와 유자차를 시켰다. 나는 그 애의 눈을 가만히 들여다보았다. 그 애의 눈은 그의 눈과 똑같았다. 깊숙한 눈동자 속에서 속삭였다. 그의 눈이었다. 나는 짧은 시간 안에 이 아이에게 많은 것을 넣어주고 싶었다. 오늘 처음 만났는데도 그 애는 나를 무척이나 따랐다.

"작가가 되고 싶다고 했지?"

"네."

민규는 확신에 찬 목소리로 대답했다.

"그래, 작가. 참 훌륭한 직업이지. 그러나 네가 아무리 영어를 잘 한다고 해도 영어로 미국 작가를 능가하는 작품을 쓰려면, 너의 조국인 한국과 동양을 알지 못하면 그들을 이길 수가 없다고 생각해."

그 애는 진지하게 내 말을 듣고 있었다.

"펄 벅 여사가 중국에서 어린 시절을 지내지 않았다면, 아마도 오늘날 펄 벅 여사의 《대지(大地)》는 없었을 거야. 그러니 너는 그들과 달라야 해. 너는 미국에 돌아가면 우선 한국어를 열심히 공부하고 그리고 한국사, 동양사, 동양철학 등 많은 책들을 읽었으면 해. 언어는 그 나라의 문화이자 정신이야. 너는 비록 미국에 살고 있지만, 너의 뿌리는 한국이라는 것을 잊지 않도록 해. 그걸 잊어버리면 너는 국제미아가 되는 거야."

나는 그 애에게 열심히 말해주었다. 그 애는 나에게 타임머신을 타고 내 젊은 날로 잠시 돌아가게 해주곤 미국으로 돌아갔다.

# 2

## 초원의 빛

그에게서 전화가 왔고, 또 12년이나 어린 그의 아내에게서 정중하고도 긴 편지가 왔다. 자기 아들에게 너무나 잘 해주어 참으로 감사하다는 편지였다.

그에게서 또 전화가 왔다.

겨울방학 때 미국에 올 계획이 없느냐고. 꼭 한 번 왔으면 좋겠다고. 그렇지 않아도 겨울방학 때 인디언들의 자취를 더듬어 보려고 생각했었고, 또 뉴저지에 있는 동생이 꼭 오라고 성화여서 미국에 갈 계획이라고 말했더니 미국에 올 때 꼭 연락을 하라고 신신당부를 했다.

그는 로스엔젤레스(LA)행 비행기표를 사서 보냈다. 나는 부담스러웠다. 그러나 그는 무슨 말이냐며 꼭 와야 한다고 했다. 나는 일단 LA에서 얼굴이나 보고 내 일정대로 여행하겠다고 했다. 그러자 그는 좋도록 하라고 했다.

나는 LA행 비행기 안에서 그와의 젊은 날로 돌아가 있었다.

우리는 대학축제에서 만났다. 나의 가장 친한 친구인 경순이가 대학축제의 자선바자회에서 아이스케키 장사를 했다. 그 시절 (1960년대)엔 '하드'라고 하는 아이스케키가 귀할 때였다. 그가 내 친구 경순이에게 강민주 씨를 한번만 만나게 해주면 '하드'를 통째로 다 산다고 해서, 결국 나는 하드(아이스케키) 한 통과 교환하게 되었다. 그와 나는 그렇게 만났다.

그의 말대로 하면 약 2년 동안 비싼 등록금만 내고 공부는 안하고 내 뒤만 쫓아다녔다고 할 정도로, 그는 학교에 오면 법대 강의실은 가지 않고 사학과 강의실만 쫓아다녔다. 그래서 같은 클래스메이트들은 처음엔 그가 법대생이 아니고 문리대 사학과생인 줄 알았다고 할 정도로 그는 내 곁에 붙어 다녔다. 나는 참으로 곤혹스러웠고, 그가 부담스러웠다.

나에게는 친한 친구가 둘이 있었다. 그러니까 거의 매일 셋이 붙어 다녔다. 그는 우리 세 처녀들을 따라다니며 커피 값을 내주고, 밥을 사주고, 음악 감상실 티켓 값을 내주었다. 우리 둘만이 데이트를 한 적은 거의 손가락으로 셀 정도였고, 언제나 넷이 함께였었다. 여자 셋에 남자 한 사람……

내 친구들도 그와 무척 친했다. 우리들의 아지트는 고전 음악 감상실인 '르네상스'였다. 우리는 강의만 끝나면 거기에 있었다. '르네상스'에 들어가면 그는 어느 틈엔지 먼저 와서 자리를 잡고 있었다.

한일국교반대 시위(소위 6 · 3 데모)로 대학들이 갑자기 휴교령을 내렸다. 학교에 가니 학교 정문 앞에 군인들이 삼엄하게 총을 세우고 서 있었고, 교문에 '임시휴교'라는 쪽지가 붙어 있었다. 그날로 그와 연락이 끊어졌다. 나는 그에게 우리 집 주소를 알려준 적도 없었고, 물론 그의 주소도 몰랐다.

나는 갑자기 아득해졌다.

'이제 그를 어떻게 만나나……?'

막막했다. 그가 매일 내 옆에 있을 때는 거추장스러웠고 부담스러웠었다. 그런데 갑자기 그와 연락이 끊어지고 얼마 동안이나마 서로를 만날 수 없다고 생각하니, 그가 몹시 보고 싶어졌다.

어느 날 저녁 무렵, 외출에서 돌아온 나는 우리 집 대문 앞에 그가 서 있는 것을 보고는 깜짝 놀랐다. 나를 본 그는 무척 반가워했다. 나도 속으로는 반가웠지만, 아무렇지 않은 듯 담담하게 말했다.

"우리 집, 어떻게 찾았어?"

"민주, 나 하루 종일 찾아 다녔어. 서대문구를 온통 다 뒤졌어."

"이렇게 여학생 집에 불쑥 찾아와서 대문 앞에 버티고 서 있으면 어떡해?"

나는 동네 사람들한테 바람난 처녀란 소리를 들을까 봐 그가 하루 종일 얼마나 애쓰고 우리 집을 찾아다녔는지, 갑작스러운 휴교 때문에 얼마나 보고 싶었으면 이렇게 찾아왔는지는 생각하지 못하고 내 체면만 생각하고는 펄쩍 뛰었다. 빨리 가라고.

나는 그의 얼굴에 섭섭한 빛이 지나가는 것도 보지 못하고, 그를 집안에 들여서 따뜻한 차 한 잔도 대접하지 않고, 대문 앞에서 그냥 쫓아 보냈다. 그런 나의 태도에 그는 많이 섭섭해 했고 실망했었던 것 같다.

그동안은 너무 순진해서 그런 줄만 알았는데, 자신을 별로 좋아하지 않는가 보다 생각하고, 그 당시 월남전쟁 때 정부에서 각 대학교 학생대표단을 뽑아서 세계 일주를 보내주는 팀에 그도 끼였다. 그는 이제 강민주를 잊어야겠다고, 몇 달 다녀오면 여자 따윈 잊어버리겠지 생각하고는 배를 타고 떠났다. 그런데 국진은 민주를 잊으려고 애쓰면 애쓸수록 더욱 잊을 수가 없었다. 해군 군함을 타고 몇 날 며칠을 가도 끝도 없는 바다였다. 바다에서 보는 석양은 너무나 아름다워서 눈물이 날 지경이었다. 아름다운 석양을 보면서 민주에 대한 그리움에 몸을 떨었다.

각 대학의 학생대표들과 함께 월남전에 참전한 참전군을 위문하기 위해 베트남의 퀴논 항에 배가 정박해서 며칠 간 머물렀다.

나를 잊어버리겠다고 떠난 그에게서 편지가 왔다. 나는 무척 반가웠다. 그가 곁에 있을 때엔 그가 나에게 그렇게 소중한 사람인지 몰랐었는데, 그가 떠나고 난 뒤 나는 후회했다. 그를 붙잡을걸. 어쩌면 그는 영원히 내 곁을 떠났는지 모르겠다.

그런 그에게서 편지가 왔다.


긴 여로에서 뱃고동 소리가 울먹인다. 그들의 생이 피로하다는 듯. 구역질나는 양키 이름을 토해내듯 남국의 정열을 담은 사이공은 퇴폐이즘과 소비향락 무드로 충만하고 있다. 마치 중공의 원폭실험으로 방향 감각을 잃은 비키니 섬의 거북이처럼.

여기에 한국 역전의 용사들이 우리를 환영한다. '콩가이'의 흐느적거리는 '아오자이'가 밉지 않게 조화를 이루면서 너의 환각이 명멸하는 서울을 생각한다. 밀어가 아쉬워지는 한순간을 위해. 나의 여행은 보다 나은 삶을 살찌우려는 안간힘이다.

그럼, 서울에서 만나자. 안녕.

– 사이공에서, 국진 –

이제까지 그와 만나면서 그의 편지를 받은 것은 처음이었다. 나는 그의 편지를 받아보고 조금 놀랐다. 왜냐하면 국진이 이렇게 멋 부리는 편지를 쓸 사람으로는 보이지 않았기 때문이었다. 편지의 내용은 나에게 어떤 감정으로도 와 닿지 않았다. 왠지 국진이 쓴 편지 같지가 않았다.

그가 귀국해서 다시 내 앞에 나타났다. 넓은 세상을 돌아보고 온 탓인지, 그는 좀 더 성숙해 있었다.

나는 그에게 물었다.

"그 편지, 네가 쓴 거 아니지?"

그는 얼굴이 벌개지며, 당황하는 기색이 역력했다.

"내가 안 쓴 거, 어떻게 알았어?"

나는 그에게 눈을 흘겼다.

"그럼 누가 쓴 거야? 겉멋만 잔뜩 부린 편지를……?"

그는 나도 잘 아는 다른 친구에게 맥주 한 박스를 사주고 대필시켰다고 했다. 나는 너무 창피했다.

"쓰기 싫으면 쓰지 말지, 편지를 어떻게 대필시켜? 한글도 모르는 문맹인이야?"

"내가 글재주가 없어서 너한테 좀 잘 보이려고 그랬어. 네가 그렇게 화낼 줄 몰랐어."

"진심으로 쓰면 되지. 더구나 나도 잘 아는 친구 아냐? 그 친구가 얼마나 비웃었겠어? 너는 자존심도 없니?"

나는 창피하고 분해서 펄쩍펄쩍 뛰었다.

"너 같은 사람하곤 이제 절대로 안 만나. 창피해서 못 만나겠어."

지금 생각해 봐도 내가 왜 그렇게 화를 냈었는지 이해가 되지 않지만, 아무튼 그 편지 사건 이후로 그도 나를 피하고, 나도 그를 만나지 않았다.

결국 우리는 그렇게 졸업을 하고 캠퍼스를 떠나 각자 다른 길을 걸었다.


나는 약 1년 동안 여성지 기자 노릇을 하느라고 그를 까맣게 잊어버렸고, 그 후 다시 학교로 돌아가 대학원에 입학해서야 그의 소식을 들었다. 가족이 전부 미국으로 이민을 갔다는…….

초원의 빛이여

꽃의 영광이여

다시는 그것이 돌려지지 않는다 해도

서러워 말지니

차라리 그 속 깊이 간직한 오묘한 힘을 얻으소서.

초원의 빛이여

꽃의 영광이여

그 빛 빛날때

그대 영광 빛을 얻으소서.

한때 그렇게도 찬란한 빛이었건만

이젠 영원히 눈 앞에서 사라져 버리는


초원의 빛이여

꽃의 영광이여

다시 찾을 길 없을지라도

우리 서러워 말지니……


워즈워드의 〈초원의 빛〉이라는 시구처럼, 우리들의 젊은 날은 되돌아올 수 없었다. 나는 그와 다시 재회하리라고는 상상도 하지 못했다.

# 3
## 재회

비행기는 어느덧 LA공항에 도착했다. 30여 년 만에 만나는 그는 어떤 모습일까를 생각하며 LA공항 게이트를 빠져나왔다. 환영 나온 인파들 속을 두리번거리며 찾고 있는데, 내 이름을 부르는 소리가 들렸다.

"민주 씨."

누군가가 내 이름을 부르며 등을 쳤다. 돌아보았더니 중년의 신사가 환하게 웃으며 나에게 손을 내밀었다. 나도 얼떨결에 그의 손을 잡았는데, 그의 곁에서 아주 젊고 미인인 그의 아내가 내게 인사하고 있었다. 나도 마주 인사했다.

"야~, 이게 얼마만이야? 30년이 넘었는데도 민주 씨는 옛날 그대로야. 정말 꿈만 같아."

"그대로긴. 할머닌데."

"이렇게 멋진 할머니도 있어?"

그는 옛날과 다르게 자신이 있어 보였다. 옛날엔 늘 쭈뼛쭈뼛 내 눈치만 보던 그가 지금은 미국에서 자리잡은 중년 남자의 모습을 하고 있었다. 그는 내 트렁크를 들고 나와 아내를 데리고 어디론가 가고 있었다.

"어디로 가는 거야?"

나는 약간 불안한 듯 물었다.

"1시간 후에 출발하는 피닉스로 가는 비행기가 있어. 민주 씨 것까지 비행기표 사놨어."

"무슨 말이야? LA에서 얼굴만 보자고 했잖아?"

"30년 만에 만난 옛친구를 어떻게 얼굴만 보고 보내줘. 안 그래, 여보?"

"그럼요. 저흰 강선생님 오시기를 얼마나 기다렸다구요. 민규도 집에서 선생님을 기다리고 있는데요?"

나는 무척 난처했다.

"LA에서 국진 씨 얼굴만 보고, 나는 내일 뉴욕으로 가서 내 동생하고 같이 아리조나로 갈까 했는데……."

"구태여 뉴욕까지 갔다가 아리조나로 다시 올 필요 뭐 있어? 우린 민주 씨가 오면 가족이 함께 여행하려고 준비하고 기다리던 중이었어."

"부담스러워. 그냥 내 동생한테 갈게."

"글쎄 안된다니까. 아직도 그 고집은 여전하군. 그렇지만 이번 초대는 내 아내가 제의한 거야. 그러니 그냥 편하게 생각하고 우리 집으로 가자구."

나는 하는 수 없이 그들 부부와 함께 LA에서 비행기로 약 1시간 가량 걸리는 피닉스에 도착했다.

겨울인데도 피닉스는 가을 날씨였다. 그의 아들, 민규가 피닉스 공항에 마중 나와 있었다. 나는 민규와 자연스럽게 포옹했다. 민규도 무척 반가워했다.


피닉스는 아리조나 주에 있는 무척 깨끗하고 조용한 작은 도시였다. 그의 집은 깔끔했고 잘 정돈되어 있었다. 그의 아내가 게스트 룸으로 나를 안내했다. 욕실이 따로 붙은 훌륭한 방이었다.

"선생님, 편하게 생각하시고 지내십시오."

"민규 어머니, 고마워요."

욕실을 들여다보았다. 가운도 새것으로 걸려 있고 향수, 화장품도 나란히 준비되어 있었다. 그의 아내의 세심한 배려가 보였다.

저녁엔 그의 친구가 한다는 레스토랑에서 식사를 하고 돌아왔다. 차를 마시며 그의 아내가 말했다.

"내일 점심은 형님 댁에서 선생님 초대가 있고, 저녁엔 미세스 박 집에서 초대가 있어요."

내가 오기 전에 그의 아내는 피닉스의 온 동네에 광고를 했나 보다. 우리 남편의 여자 친구가 온다고……. 나는 완전히 구경거리가 되고 내가 떠난 뒤에도 넓은 미국의, 좁은 한국 이민 사회에서, 특히 이 피닉스라는 동네에서 나는 아줌마들의 뉴스거리가 되기에 충분했다. 나는 단번에 거절했다.

"국진 씨, 내가 사람들 앞에 서면 어눌해하는 것 잘 알지? 꼭 초대에 참석해야 하는 거라면 난 내일 뉴욕으로 갈 거야.”

“아냐. 싫으면 안가도 돼. 당신은 본인의 의사도 물어보지 않고 맘대로 약속을 하면 어떡해?”

그는 아내에게 초대를 취소하라고 했다. 그의 아내는 무척이나 실망하는 눈치였다. 남편의 옛날 여자 친구를 초대해서 대접하는 것을 다른 여자들에게 보이고 싶었는데……. 그녀는 깜찍했다.

“어머, 저는 강선생님께서 대학에도 나가시고 해서 그런 자리를 무척 좋아하시는 줄 알았어요.”

“미안해요, 민규 어머니. 내가 좀 촌스러워서 그래요. 저 좀 피곤해서 먼저 들어갈게요. 안녕히 주무세요.”

“네, 선생님. 편히 쉬세요.”

나는 내 방으로 돌아왔다. 그가 뒤따라왔다.

“왜?”

나는 그의 아내에게 신경을 쓰며 물었다. 그는 말없이 침대 시트도 살피고 이곳 저곳 방의 온도도 점검하더니 가볍게 내 등을 두드리며 말했다.

“잘 자.”

“그래, 잘 자.”

나는 그가 돌봐준 침대 속으로 몸을 집어넣었다. 몸은 무척 피곤했다. LA까지 약 11시간, 그리고 기다리는 시간까지 하루 종일 비행기를 탔고, 친척집에서도 못 자는 여자가 옛날 남자 친구의 가족들과 다녔으니……. 그의 아내가 무척 상냥하고 친절하게 대해 주었으나, 나는 긴장하지 않을 수 없었다.

몸은 피곤했으나 잠은 오지 않았다. 내일을 위해 좀 자 두려고 억지로 잠을 청했으나 잠은 점점 더 달아났다.

나는 그가 이민을 갔다는 소식을 듣고 무척 서운해 했었다. 이제 같은 하늘 아래에서 내 생전에 다시는 그를 만나볼 수 없다는 아쉬움이었다. 사람들은 놓친 고기가 더 크게 보인다고들 말했다. 나는 그의 단점보다는 그가 나에게 잘 해주었던 것만을 생각했고, 그리워할 때도 있었다.

그러나 많은 세월이 흘러갔고, 그와 내가 불혹의 나이가 한참 지난 이때, 그가 나를 찾을 줄은 몰랐다. 그의 아내한테 나를 어떻게 소개했을까? 그의 아내는 아들에게 잘 해주었다는 것만 고마워하는 것 같았다.


지금 나는 그의 집, 방에 누워 있다. 실감이 나지 않았다. 그와 내가 같은 지붕 아래서 자고 있다는 사실이 더더욱 실감나지 않았다. 나는 몸을 뒤척였다. 그렇잖아도 예민해서 잠자리가 바뀌면 잠을 잘 수 없는 내 신경이 더욱 날카로워져 있었다.

어쩌다 깜빡 잠이 들었다.

# 4

## 피닉스의 첫째날

시계를 보니 아침 7시였다. 서울 같았으면 창이 환하게 밝고도 남았을 시간인데, 이곳은 아직도 깜깜한 한밤중이었다. 그야말로 해 뜨는 아침의 나라인 동쪽에서 지구의 반대쪽인 해지는 나라인 서쪽, 아리조나 주로 온 것이다.

비로소 고향을 떠나 지구의 반대쪽인 이 사막까지 와서 삶의 뿌리를 내린 그가 안쓰러워졌다. 나는 눈을 뜨고도 침대에서 일어날 수가 없었다. 아직도 해가 뜨려면 멀었나 보다. 일어나서 욕탕에서 샤워를 하고 싶었지만, 내가 일어난 기척이, 그의 가족들을 깨울까 봐 그냥 이런 생각, 저런 생각을 하며 해가 뜰 때까지 침대에 가만히 누워 있었다.

서울에서 밤을 새우며 논문을 쓸 때나 매일매일 쫓기는 생활 속에서 하루쯤 침대에서 아무 일도 하지 않고 잠이나 실컷 잘 수 있으면 얼마나 좋을까? 라고 생각한 적이 한두 번이 아니었는데, 막상 이렇게 두 손 놓고 누워 있으려니 이건 더 고통스러웠다.

오전 9시쯤이 되니 날이 조금씩 밝아왔다. 나는 '이제는 일어나도 되겠지' 라고 생각하고 샤워를 했다. 얼굴에 크림을 바르며 거울 속의 내 얼굴을 쳐다보았다. 웬 중년 여인의 낯선 얼굴이 거울 속에서 나를 바라보고 있었다. 그 곱고 순수했던 피부는 어디로 가고 거칠고 잔주름이 보이기 시작한 얼굴이었다.

어젯밤에 그의 아내가 했던 말이 생각났다.

"선생님이 오시기 전에 민규한테서 선생님의 분위기는 대강 전해 들었지만 어떤 분일까 무척 궁금했어요. 그래서 민규 아빠에게 물어봤어요. 젊은 날의 강선생님은 어떤 분이셔? 라고 말이죠. 그랬더니 무척 예쁘고 깍쟁이고 깔끔하셨대요. 분위기도 지적이셨다고 했어요."

나는 웃었다.

"그래요? 후한 점수를 줬는데요."

"그래서 저는 선생님을 무척 뵙고 싶었어요."

"그래요? 실망하셨겠어요."

"아녜요. 연세가 있으신데요."

나는 거울을 보며 젊고 예쁜 그의 아내를 떠올렸다. 그의 아내는 남편의 먼 기억 속의 여자에 대해 조금은 긴장했었는데 직접 나를 보자 안심이 된다는 표정이었다. 자신과는 비교가 되지 않는다는 자신감이 어제 저녁의 대화 속에 나타났다.

샤워를 끝내고 거실로 나오자 진한 커피 향이 코를 찔렀다. 나는 커피 향을 따라 식당으로 갔다. 그가 커피를 끓이고 있었다.

"굿모닝? 커피 냄새가 좋은데……."

"잠은 좀 잤어? 잘 못 잤지?"

그러고 보니 그의 얼굴도 좀 푸석해 보였다. 그도 잠을 잘 못 잔 얼굴이었다.

"커피 줄까?"

"응."

나는 식탁에 앉아 그가 따라 주는 커피를 한 모금 마셨다.

"아주 좋아. 냄새도 좋구, 맛도 좋네."

"그래? 다행이네. 나는 커피를 한 잔 마셔야 정신이 들어."

"나도 그래. 서울에서도 우선 커피 한 잔을 마셔야 하루가 제대로 시작되지."

"선생님, 편히 주무셨어요?"

"예, 아주 잘 잤어요. 고마워요. 여러 가지로 꼼꼼하게 챙겨주셔서……. 민규는 아직 안 일어났어요?"

"네. 고단한지 아직 자는 모양이에요. 선생님은 아침에 밥 드세요? 아니면 빵 드세요?"

"이 사람아, 한국 사람이 아침에 국하고 밥을 먹어야지."

"이이는 글쎄 누가 시골 출신 아니랄까 봐 아침엔 꼭 밥을 차리래요. 선생님 오시면 밥 안 하기로 했잖아? 외식하기로."

"저는 아침 잘 안 먹어요. 그냥 간단하게 하세요."

"이 사람아, 강교수는 옛날에도 입이 까다로워서 제주도로 수학여행 가서 몇 끼를 입에 대지도 않고 굶는데 혼났다구. 그리고 오후에 레스토랑에서 양식을 먹으니까 아침엔 밥 먹자구."

그녀는 순순히 그의 말대로 했다.

식탁에는 윤기가 흐르는 밥, 북어국에 김치까지 있었다. 북어국이 무척 시원했다.

"민규 어머니, 솜씨가 좋아요. 북어국을 이렇게 시원하게 끓이기 힘들어요. 김치두 맛있구."

"거봐. 맛있다구 하잖아. 밥하길 잘했지?"

그녀는 밥을 먹는 동안 클래식 음악을 틀어주며 신경을 썼다. 그의 아내는 나에게 무척 잘해 주었고 나도 그녀를 친동생 대하듯 했으나, 그를 가운데 두고 우리는 팽팽히 긴장되어 있었다. 뭐라고 표현할 수 없는 감정이랄까?

아침 식사 후, 그는 그가 운영하는 마트로 나갔다. 여행하는 동안 차질이 없도록 지배인에게 모든 걸 지시하려고 나가고 난 뒤, 나는 거실에 앉아서 내가 가져온 책을 보고 있는데 그녀의 수다 소리가 들렸다.

"응, 오셨어."

그쪽에서 내가 왔느냐고 묻는 것 같았다.

"그렇지, 뭐. 그런데 그분이 초대에 참석하지 않으시겠대. 그러게 말이야. 좋은 기횐데, 미안해. 여행 다녀와서 연락할게. 물론이지. 허리가 아무리 아파도 꼭 따라가야지 둘만 보낼 수는 없지."

그녀의 수다는 끝이 없었다. 여기저기에 내가 초대에 참석하고 싶어하지 않는다는, 말하자면 식사 초대 취소를 하는 전화였었다. 나는 내가 생각한 대로 내가 완전히 이 피닉스에서 구경거리가 될 뻔했다는 것을 느끼고 아찔했다.

나는 민규와 함께 아리조나 주에 있는 미술관으로 갔다. 주로 인디언 출신 화가들의 작품이었다. 어느 그림은 독수리가 무서운 발톱으로 물고기를 채 가는 것을 그린 것인데, 주로 미국인들이 원래는 인디언들의 땅을 빼앗고 그들을 사람들이 살 수 없는 곳으로 몰아냈다는 그림들이었다. 그림의 수준은 높지 않았지만 그들만이 할 수 있는 마지막 저항을 그림으로 표현한 것들이었다.

나는 민규에게 말했다. 인디언들도 사람인데, 인권을 존중한다는 미국인들이 토착민인 인디언에게 한 행동은 영원히 용서 받을 수 없는 횡포라고 말했다. 민규는 이 아리조나 주에서 자라면서도 한번도 그런 생각을 한 적이 없었고, 그저 열심히 공부해서 소수민족이라는 틀을 벗어나고 싶었다고 했다. 나는 인디언들도 사람이라고 덧붙였다.

"그들도 당연히 너와 같은 대접, 아니 백인들과 같은 대접을 받아야 되는 것 아냐?"

"물론 인디언들도 사람입니다. 그런데 이상하게도 인디언의 인권에 대해서는 불공평하다고 느낀 적이 없었습니다."

"영어로 글을 쓰는 작가가 되고 싶다고 했지?"

"네."

"그럼 모든 인간들에게 깊은 애정을 가져봐. 물론 거기엔 흑인들과 인디언들도 포함시켜야겠지. 그러면, 사물을 보는 눈이 참 많이 달라질 거야."

"네. 선생님이 뭘 말씀하시는지 조금은 알 것 같습니다."

민규와 함께 샌드위치와 커피로 점심을 때우고 아리조나 주의 민속관으로 갔다. 민속촌은 어디나 마찬가지로 너무나 형식적인 것들뿐이었다.

저녁엔 그와 그의 아내와 함께 서부식 레스토랑에 갔다. 그는 커다란 맥주잔에 가득 담은 맥주 4잔과 스테이크를 시켰다.

이 레스토랑은 너무나 많은 사람들이 북적거렸다. 시끄러운 음악이 흘러나왔고, 한쪽에선 떠들고 웃으며 식사를 하고, 한쪽에선 서부식 춤을 추는 무리들이 있었다. 전형적인 서부식 레스토랑이라고 했다. 한번쯤은 가볼 만한 곳이었다.

그는 내일은 여행을 떠나자고 했다.

저녁에 그가 지도를 갖고 테이블에 앉았다. 그리고는 우리가 갈 곳을 줄을 그어 보이며 가리켰다. 그들도 이렇게 온 가족이 함께 여행가는 것은 처음이라고 말했다.

"모두 민주 씨 덕택이야. 이민 와서 정말 정신없이 살았어. 말도 안 통하지, 이 사막에서 자리잡기가 쉽지가 않았어. 또 마트를 하니까 이 사람과 함께 가게에서 몸을 뺄 수가 없었지……."

"그런데 이번에는 괜찮겠어? 마트는……?"

"응. 한국인 지배인을 두었어. 곧잘 해. 민주 씨를 몇 년 전에만 만났어도 이렇게 함께 여행할 형편이 못 되었지……."

그렇게 말하는 그의 깊고 착한 눈에 물기가 어렸다. 낯설고 물 설은 먼 이국 땅, 지구의 반대쪽인 이 사막까지 와서 삶의 뿌리를 내리려고 얼마나 힘들었을까? 하는 생각이 들어 가슴이 아팠다.

그는 여행을 위해 크고 튼튼한 차도 렌트해 놓았다.

"음식은 사먹으면 되죠?"

그의 아내가 말했다.

"어떻게 매끼마다 사 먹냐? 가끔 가다가 해먹기도 해야지. 특히나 이 손님께선 양식도 좋아하시지 않는데. 나도 물론이고."

"민규 어머니, 그냥 밥하고 김치만 있으면 돼요. 이 미국 땅에서 밥하고 김치면 최고지. 더구나 민규 어머니 김치 솜씨가 좋던데."

그녀는 나의 칭찬에 전기밥솥, 쌀과 김치통을 차에 실었다.

"오늘은 좀 일찍 자자구. 내일부터 차를 타고 다니면 무척 피곤할 테니까."

"그래 잘 자. 민규 어머니, 안녕히 주무세요. 나 때문에 피곤할 텐데, 손님이 집에 오면 얼마나 피곤한 일인데."

"아녜요. 선생님 덕분에 저두 가게에 나가지 않고 쉬고 있는데요. 안녕히 주무세요."

나는 오랜만에 따뜻한 물에 샤워를 하고 잠자리에 들었다. 오늘은 많이 돌아다녀서인지, 아니면 이 집이 조금은 익숙해져서인지 잠이 잘 올 것 같았다.

# 5
# 김치찌개와 와인

둘째 날, 잠이 깼다. 푹 잤다. 시계를 보니 어제와 같은 오전 7시였다. 그러나 어젯밤은 잠이 깊이 들었나 보다. 머리가 맑고 기분이 상쾌했다. 나는 메모 수첩을 꺼내어 메모를 하고 간단한 여행 여장을 챙겼다. 그래도 밖은 캄캄했다.

나는 조심스럽게 욕탕에 물을 가득 채우고 나서 몸을 푹 담갔다. 무척 기분이 좋았다. 샤워를 끝내고 나니 서서히 창 밖이 밝아오기 시작했다.

간단한 옷차림으로 부엌문을 살짝 열고 뒤뜰로 나가니 밖으로 나가는 문이 있었다. 온 마을이 조용했다. 하늘은 새벽을 준비하는지 점점 밝아지고 있었다.

동네를 한 바퀴 돌고 집으로 돌아오니 커피 향이 났다. 나는 주방으로 갔다.

그가 커피를 끓이고 있었다.

"어젯밤도 잘 못 잤니?"

"아니. 어젠 잘 잤어. 커피 담당이야?"

"커피 담당자가 어딨어? 먹고 싶은 사람이 끓이는 거지."

그는 내 앞에 커피 잔을 놓고 커피를 따라 주었다. 그도 커피 잔을 들고 내 앞에 앉았다. 비로소 그의 얼굴을 똑바로 바라보았다. 그의 얼굴에도 세월의 때가 남아 있었다. 그도 내 얼굴에서 흘러간 시간의 흔적을 보았는지, 겸연쩍게 말했다.

"우리, 참 오랜만이지?"

나는 말없이 미소를 띠며 고개를 끄덕였다. 우리는 그 말 한마디로 많은 대화를 하고 있었다.

"안녕히 주무셨어요? 여보, 나도 커피 한 잔 줘요."

"네. 편히 주무셨어요?"

그는 그의 아내 앞에도 커피 잔을 놓으며, 애교를 부렸다.

"자, 부인 드십시오."

그녀는 커피를 한 모금 마시며, 말했다.

"선생님 주무실 때 민규 아빠가 선생님 방에 들어가서 춥지 않으신지 체크한 거 모르시죠?"

"아뇨. 전 모르고 잤어요."

나는 그가 내게 얼마나 신경을 쓰고 있는지를 알았다.

"머나먼 아리조나까지 왔는데 감기 들면 안되잖아. 여긴 서울의 겨울처럼 춥진 않지만 그 대신 일교차가 심해서 조심하셔야 됩니다. 식사도 잘 하시고요. 손님, 아시겠습니까?"

그 특유의 농담처럼 말하는 그는 옛날의 김국진 그대로였다.

그의 가족(그와 그의 아내, 민규)과 나는 여행 준비를 끝내고 차에 올랐다.

"선생님, 앞자리에 타세요. 앞이 잘 보여요."

그의 아내는 나에게 앞자리를 양보했다.

우리들은 여행길에 올랐다. 차는 서쪽으로 달렸다. 그는 테이프를 넣었다.

이미자 노래였다. 〈황혼의 블루스〉.

'황혼이 질 때면 생각나는 그 사람……'

그의 아내는 유치하다며 클래식 음악을 틀라고 야단이었다.

"여행할 때는 이런 노래가 좋아. 안 그래, 교수님?"

그는 기분이 좋은지 따라 불렀다.

'가슴 깊이 스며드는……'

나는 미국 아리조나에서 듣는 이미자의 노래가 이렇게 좋은 줄 몰랐다.

우리는 길가에 있는 커다란 햄버거 가게에 들어갔다. 우리나라의 휴게소 같은 곳이었다. 햄버거 집에도 여행자들이 줄을 지어서 있었다. 미국인은 어디를 가나 줄을 잘 서는 국민들이었다. 햄버거의 종류도 어떻게나 많은지, 나는 처음 알았다. 그는 그의 아들 민규와 함께 커다란 햄버거 4개와 커다란 컵에 콜라를 가득 채워 나와 그의 아내가 있는 테이블로 가져왔다.

"자, 햄버거와 콜라가 왔습니다."

그는 나와 그의 아내 사이에 흐르는 긴장감을 풀어주려고 일부러 코믹하게 말했다.

나는 한국에선 햄버거를 거의 먹질 않았다. 그러나 햄버거는 역시 미국 것이 맛있었다. 그리고 햄버거가 좋은 건 어떤 형식에도 구애 받지 않고 먹을 수 있다는 것과 가격이 싸다는 점 등, 아무튼 나는 아리조나 사막 한가운데서 자유롭게 햄버거를 먹으면서 비로소 여행자의 자유로움을 느꼈다.

우리는 또 달리다가 작은 가게에 들러서 커피를 마셨다. 우리나라처럼 근사한 카페가 아니라, 그냥 작은 구멍가게 같은 곳에서 일용품과 함께 파는 커피를 금방 뽑아주었다. 그는 따라다니며 돈을 내주었다. 마치 돈 쓰는 즐거움에 사는 사람처럼, 신이 난 것 같았다.


저녁 무렵, 세도나(Sedona)라는 곳에 도착했다. 너무나 아름다운 마을이었다. 한국은 한겨울인 1월인데, 여긴 가을이었다. 나무들이 모두 단풍이 들어 장관을 이루었다. 집들도 아름다웠고 거리엔 가게들과 갤러리들이 많았다.

그가 말했다.

"세도나에는 예술가들의 별장이 많지. 특히 화가들의 별장과 가게들이 많이 있어."

그래서 그런지 아름다운 별장들과 거리의 집과 가게들도 나지막했고, 그림이나 도자기를 전시해서 팔기도 했다. 나는 갤러리의 그림들을 구경하기도 하고 도자기 두 점(주전자와 접시)도 샀다. 나는 외국에 여행가면 그 나라의 주전자를 한 점씩 꼭 산다. 이상하게 나는 찻주전자를 좋아한다.

그날, 우리들은 세도나에서 묵기로 했다. 그는 이왕이면 더 아름다운 곳에서 묵자고, 숲이 아름답게 물든 곳으로 차를 달렸다. 그 넓은 곳에 별장들은 아름답게 있었지만, 그러나 이상하게도 가도가도 호텔 간판은 보이지 않았다. 나는 우리나라의 명승지들을 생각했다. 한 집 건너 호텔 아니면 모텔이 커다란 간판을 다는 것도 모자라서 만국기나 팔랑개비까지 요란하게 달아서 전국 팔도 강산 어디를 가나 호텔이 많은데, 이렇게 아름다운 곳에 호텔이 보이지가 않았다. 내 마음은 안타까웠다. 이곳에서 하룻밤 묵고 싶은데 호텔이 보이지 않았기 때문이었다. 그가 조금 더 달리더니 소리쳤다.

"저 집에 가 보자."

아무리 봐도 내 눈엔 호텔 간판이 보이지 않았다.

"어디로 가는데?"

내가 물었다.

"이 앞에 표시판이 있잖아."

나는 그가 손가락으로 가리키는 표시판을 보았다. 작은 나무 조각에 연습처럼 쓴 글씨체로 '호텔' 이라고 쓰고 찾아가기 쉽게 화살표를 해 놓았다.

"저게 간판이야?"

"간판이 무슨 필요가 있어. 지나가는 사람들이 알아볼 정도만 되면 되지. 이렇게 아름다운 자연 속에 커다란 간판을 걸어봐. 어울리나……."

나는 정말 그렇겠다고 고개를 끄덕였다.

화살표를 따라가니 숲속에 작은 집, 대여섯 채 정도가 서로 머리를 맞대고 적당한 간격으로 지어져 있었다. 집 앞뜰에는 예쁜 꽃들이 자연스럽게 피어 있었다. 너무나 아름다워서 우리들은 탄성을 질렀다. 마치 크리스마스 카드에 나오는 집 같았다.

그는 그 중 한 채를 빌렸다. 들어가 보니 예쁜 커튼이 쳐진 창이 있었고 거실엔 탁자와 소파들이 놓여 있었고, 더블 침대방이 하나 있었고, 거실 한 켠엔 싱글 침대 두 개가 나란히 놓여 있었고 밥을 해 먹을 수 있는 부엌이 있었다. 그리고 벽난로가 있었다. 벽난로 옆으로는 식탁이 놓여져 있었다.

그의 아내가 영어로 가격이 얼마냐고 물었다.

그는 현대식 건물로 된 호텔보다는 비싸다고 말했다.

우리는 방랑자처럼 짐을 날랐다. 그의 아내와 내가 밥을 하고 김치찌개를 끓이는 동안, 그는 그의 아들을 데리고 나갔다.

한참 후에 남자들의 두 팔엔 와인 몇 병과 과일이 들려 있었다. 아까 지나온 거리의 마트까지 다녀왔다고 했다.

그리고 그는 벽난로를 피웠다. 벽난로에서는 불이 타닥타닥 기분 좋은 소리를 내며 타고 있었고, 우리들은 흰 쌀밥에 김치찌개를 먹으며 와인을 마셨다.

"야~, 김치찌개에 와인이 이렇게 잘 맞을 줄 몰랐네. 기가 막히다. 아마 미국 사람들은 이런 맛을 모를 거다."

우리들은 즐거운 식사를 했다.


김치찌개에 와인을 같이 마신 건 처음이었다. 가끔 식사 초대를 받았을 때, 호텔 레스토랑이나 아니면 분위기 좋은 양식 레스토랑에서 와인을 마셨었다. 그러나 오늘 저녁처럼 맛있는 와인은 처음이었다. 분위기 탓인 것 같았다.

세도나(Sedona)의 아름다운 호텔 벽난로의 타오르는 불길과 몇십 년 만에 만난 옛 친구가 앞에 있고, 그리고 나는 낯선 여행지의 여정(旅程)에 들떠 있었다.

나는 홀짝홀짝 와인을 마셨다.

그와 그의 아내는 얼굴색이 적당히 붉어져 있었다.

내 얼굴을 바라보는 그의 눈이 은근했다.

"어, 제법이네. 옛날엔 못했잖아?"

"응, 오늘은 와인이 맛있어."

"강선생님 얼굴이 벽난로 불빛 같아요."

"저 친구, 옛날에는 막걸리 한 잔만 마셔도 그 술집의 술, 혼자 다 마신 것처럼 새빨개졌지."

"정말이에요?"

그의 아내는 내 얼굴을 바라보며 지나치다 싶을 정도로 깔깔대며 웃었다.

나는 그의 아내가 귀여웠다. 물론 나이도 나보다 10여 년이나 어린 그녀는 나에게 무척 관대했다. 자신감에서 오는 걸까……?

"예, 정말이에요. 사람들이 저보고 술을 마시는 것이 아니라 얼굴에 바르는 게 아니냐고 놀려댔죠. 그래서 전 술을 잘 안 마셔요. 특별한 날을 빼놓곤요."

"이 친구 말이야, 술도 못 마시는 숙맥에다 지독한 편식이야. 강원도 삼척, 북평 삼화마을이라는 데에 농촌 계몽 활동을 같이 갔었는데, 지금은 거기도 많이 달라졌겠지만 1960년대엔 그야말로 강원도 산골 중의 산골 마을이었어. 주식이 감자야. 쌀밥이라곤 생일 때만 먹는다는군. 그러니 한 달 동안 그 동네 이장댁에서 먹고 자면서 그 동네 아이들에게 중학교 과정을 가르쳤는데, 이 친구 그 감자밥을 못 먹는 거야. 다른 친구들은 그런 대로 잘 먹었는데, 얼마나 내 속을 태웠다고……."

"지금 생각해도 그때 그 감자밥은 끔찍했어."

"서울로 돌아오는 날, 불고기 백반을 실컷 사 먹이고 그 다음날 만나서 아마 하루 종일 영화를 봤지?"

"아마 두 편 봤을 거야. 그땐 정말 서울이 그렇게 좋은 줄 몰랐어. 모두들 명동으로 몰려들 갔지."

그와 나는 술기운 탓인지 옛날로 돌아가 있었다. 곁에 있는 그의 아내의 존재도 잊어버린 채……. 수학여행 때 제주도 가는 길에 부산에서 태풍으로 발이 묶였던 일. 내가 문예지 편집할 때 총학생회비 뜯어내던 일. 또 어떤 기억들은 서로 눈으로 추억을 더듬었다.

그때, 갑자기 그의 아내의 신음소리가 들려왔다.

우리는 추억 속에서 현실로 돌아왔다.

그의 아내는 배를 움켜잡고 신음했다.

"여보, 왜 그래? 어디 아파?"

"민규 어머니, 많이 아프세요?"

그는 깜짝 놀라 그녀를 끌어안았다.

“병원에 가야지. 어떡하지? 이곳엔 병원이 없던데……”

그의 얼굴은 갑자기 백짓장처럼 창백해지며 당황해 했다.

나도 놀랐다.

신음하던 그녀는 놀라는 남편과 나를 놀리듯 말했다.

“이제 좀 괜찮아졌어요. 아마 생리를 시작하려나 봐요.”

놀란 그가 말했다.

“그럼 어떡하지? 지금 마트에 다녀올까?”

“아니에요, 내일 사면 돼요. 오늘은 괜찮을 것 같아요. 여보, 우리 그만 자요. 강선생님도 피곤하실 텐데……”

놀란 내 가슴이 진정되기도 전에, 그녀는 언제 신음을 했느냐는 듯 아무렇지도 않게 말했다.

“어머, 민규는 벌써 잠이 들었네. 선생님, 저랑 방에 있는 더블베드에서 같이 주무시겠어요?”

“아니에요. 염려 말고 들어가서 주무세요. 저는 누가 곁에 있으면 잠을 못 자요.”

“그러시면 안녕히 주무세요.”

“네, 편히 주무세요.”

그녀는 남편의 손을 잡고 방으로 들어갔다. 국진은 나를 돌아보며 인사를 했다.

“잘 자.”

“그래, 잘 자.”

나는 순식간에 혼자가 되어 덩그러니 앉아 있었다.

거실 한 켠에 있는 침대에서 민규가 피곤했던지 가늘게 코를 골며 자고 있었다.

벽 쪽으로 내 침대가 놓여 있었다.

나는 샤워를 하고 잘까 했으나 국진이 부부에게 샤워 소리가 들릴까 봐 조심스러워서 포기하고 벽난로 앞에 앉았다.

나는 벽난로에 나무를 집어넣었다. 타닥타닥 기분 좋은 소리를 내며 나무에 불길이 붙었다.

나는 갑자기 외로워졌다.

그의 아내가 국진의 손을 잡고 들어간 방에 신경이 쓰였다.

나는 가만히 침대에 들어가 눈을 감았다. 그러나 정신은 점점 더 맑아지면서 도대체 잠이 오질 않았다. 나는 침대에서 일어나 다시 벽난로 앞에 앉았다. 불길은 혀를 낼름거리며 타고 있었다. 가만히 불 속을 들여다보았다.

그와 나는 늘 서로 어긋났다. 아마 그것이 운명인지도 몰랐다. 서로의 마음을 알면서도 젊은 날 우리들은 서로에게 늘 미숙했다.


제주도로 수학여행을 가기 위해 부산으로 갔다. 그가 우리 팀의 리더였다. 부산에 도착한 우리 일행은 거센 폭풍 때문에 배를 탈 수가 없었다. 1진은 목포로 해서 제주도에 이미 도착했다는 소식이었다. 비가 몹시 오는 부산의 거리에서 나는 짜증이 났다. 견딜 수 없던 나는 빗속을 뚫고 서울행 야간 열차를 탔다. 하루만 더 기다리자는 그의 만류를 뿌리치고 나는 혼자 서울행 기차를 탔다. 눈앞이 보이지 않을 정도로 퍼붓는 빗속에 기차의 창을 두드리는 그의 원망스러운 눈길이 있었다.

나는 벽난로 앞에 앉아 계속 나무를 집어넣으며 타오르는 불길을 바라보고 있었다. 타닥타닥 소리를 내며 타오르는 불길은 붉은 혀를 낼름거리면서 새로 넣은 나무를 애무하듯 핥았으며, 어느덧 새 나무에도 불길이 붙어 함께 춤을 추고 있었다.

나는 불길을 바라보며, 어쩌면 젊은 날의 사랑과 정열도 저 불길처럼 내 몸도 태우고 또 곁에 있는 사람도 태웠던 것이 아니었던가? 하고 생각했다.

그와 나는 덜 마른 생나무로서, 한번도 제대로 타보지도 못하고 타다 만 숯처럼 되어 버린 것이었다.

화로의 잿속에 불씨를 꼭꼭 눌러두었다. 이제는 뜨겁게 탈 수도 없고 오랜 세월 동안 완전히 꺼지지 않는 불씨를……

우리는 바람이어라.
가슴 속에 타다 만 숯덩어리를 깊이깊이 눌러두고
가볍게 손을 흔들며 스쳐 지나가는
우리는 바람이어라.


우리는 물결이어라.
만남의 흔적들을 강물 깊이깊이 감추고
출렁출렁 만났다 헤어지는
우리는 물결이어라.

나는 벽난로의 불이 꺼질까 봐, 밤새도록 벽난로 앞에 앉아 나무를 집어넣었다. 불은 쓰러지려다 다시 피어오르곤 했다.

"왜 아직 안 자고 거기에 앉아 있어. 지금이 몇 신데……?"

언제 나왔는지 그가 나와 서서 나를 내려다보고 있었다.

어쩌면 그도 잠을 이루지 못했나 보다.

내 얼굴엔 불빛이 일렁거렸다.

"잠이 안 와? 그렇게 못 자서 어떡해. 벌써 동이 트려고 해. 밤새도록 그렇게 앉아 있었어?"

나는 그의 아내가 깰까 봐 작은 목소리로 말했다.

"들어가. 나도 이제 잘 거야."

나는 얼른 침대로 들어가 머리 위까지 시트를 뒤집어썼다.

# 6

## 부부(夫婦)

문소리에 잠이 깼다.

어둠이 물러가고 있었다. 그가 밖에서 나오라고 손짓을 했다.

나는 얼른 곁에 있는 그의 아내를 돌아보았다.

"나가 보세요. 아마 일출을 보여드리려고 그러나 봐요."

그렇게 말하는 그녀는 언제 아프다고 했냐는 듯, 환한 얼굴에 상쾌한 표정이었다.

나는 밖으로 나왔다. 하늘을 바라보니 동쪽 하늘이 온통 붉은빛으로 물들고 있었다. 그는 차에 시동을 걸며 재촉했다.

"어서 타."

나는 얼떨결에 차에 올랐다. 아마 일출이 잘 보이는 곳으로 데리고 가려는 모양인가 보다 하고 생각했다.

차는 약 1시간 동안을 달렸다.

"이렇게 멀리 가는 거야?"

나는 왠지 마음이 불안했다.

호텔에 남아 있는 그의 아내가 마음에 걸렸다.

"왜 이렇게 멀리 와?"

"이제 다 왔어."

눈앞에 커다란 마트가 있었다.

나는 어리둥절했다. 일출이 잘 보이는 곳으로 데리고 가는 줄만 알았던 나는 당황했다.

"여긴, 왜?"

문득, 나는 어젯밤 그의 아내의 말이 떠올랐다.


'내일 사지, 뭐.'


'아아, 그걸 사려고 여기까지 왔구나.'

공연히 심술이 난 나는 차에서 내려 해가 붉게 떠오르는 동쪽 하늘을 쳐다보고 있었다.

그가 앞장서서 가다가 뒤를 돌아보며 말했다.

"뭐 해? 들어가지 않고?"

그리고는 앞장서서 마트로 들어갔다.

그의 의도를 알아챈 나는 어쩐지 그를 따라 마트로 들어갈 생각이 없어졌다. 나는 그대로 서서 떠오르는 해를 바라보고 있었다. 사막의 일출은 정말 장관이었다.

고층 빌딩 숲에서만 살던 나는 서부의 드넓은 땅이 부러웠다.

신(神)은 미국인들에게 참으로 큰 땅덩어리를 주었구나. 아니,

그들은 그 땅의 원래 주인이었던 인디언들로부터 그 땅을 빼앗은 것이었지.

한참만에 손에 꾸러미를 든 그가 나왔다.

"일출을 보고 있었니?"

"응."

그는 나에게 쇼핑한 물건을 던져주었다.

"그거면 되는 거야? 여자들이 쓰는 걸 알 수 있어야지."

그의 아내가 쓸 생리대였다.

나는 그동안 괜히 그의 아내에게 미안해 했던 마음이 약이 올라 약간 시니컬하게 말했다.

"왜, 민규 엄마하고 오지 않고……?"

그가 나에게 던져준 것을 나도 차 안에 던지듯 넣었다.

"집사람은 허리가 좀 불편해."

아내에 대한 그의 애정이 배어 있는 듯한 말투였다. 갑자기 나는 낯선 남의 남편이 운전하는 차를 얻어 타는 듯 어색해졌다. 호텔까지 돌아오는 동안 나는 한마디도 하지 않았다. 그런 나를 그는 힐끗 쳐다볼 뿐이었다.

그의 아내가 목을 빼고 기다리고 있었다.

"아침 식사 준비가 다 됐는데, 어디까지 갔었어요?"

그녀의 목소리는 약간 갈라져 있었다.

나는 그녀에게 그 물건을 던지다시피 건네주었다.

"이거 사러 갔었어요."

그런데 그때 그 호텔에서 아침을 준다고 했다. 우리들은 메인

하우스 로비로 들어섰다. 귀밑머리가 희끗희끗한 50대 주인 여자가 반갑게 맞이해 주었다.

"굿모닝!"

우리들도 같이 인사했다.

이미 다른 손님들도 와 있었다. 손님들은 서로 눈이 마주치면 '굿모닝!' 하며 인사를 했다. 서로 낯선 타인들이지만 반갑게 인사하는 그들이 좋아 보였다. 한 미국 신사가 웃으며 그에게 뭔가를 말하는 것 같았다.

우리들은 창가에 자리를 잡고 앉았다.

아침 식사는 간단했다. 우유와 커피, 그리고 토스트와 빵, 에그 프라이와 야채와 과일들이었다. 우리들은 각자 자기들이 먹을 만큼을 접시에 담아왔다. 나는 커피 한 잔과 오렌지 한 개를 집어왔다.

미국은 오렌지가 흔하고 쌌다.

"민주 씨는 그것 갖고 아침이 되겠어?"

"응, 충분해."

"근데 여보, 저 미국 사람이 당신한테 뭐라고 했는데 당신이 그렇게 웃었어?"

"그게 말야, 미국 신사분이 나한테 뭐라고 했는지 알아? 가족이 함께 여행 왔느냐고 묻잖아? 그렇다고 하니까 그 사람이 뭐라고 하는 줄 알아? 강교수가 내 와이프고, 당신은 민규의 걸프렌드냐고 묻잖아? 그러니 얼마나 웃기는 말이야. 저 사람들은 우리나라 사람들 나이를 잘 모르나 봐. 당신이 대학생 같다나……? 부인 좋으시겠습니다. 어리게 봐줘서……."

우리는 그의 말에 함께 웃었지만, 나는 새초롬해지는 그녀의 표정을 읽었다.

우리는 여행지의 아침 식사를 즐겁게 마치고 다시 길을 떠났다.

아름다운 호텔에서 정말 꿈같은 하룻밤을 지냈다. 비록 잠은 잘 못 잤지만, 잊지 못할 아름다운 곳이었다. 우리나라도 아름다운 곳이 너무 많다. 그런 수려한 곳에 이런 호텔이 있다면 좋을 텐데…… 라는 생각을 해보았다.

"민규 어머니, 허리가 불편하시다는데 괜찮으세요?"

나는 그가 아내를 걱정하는 말을 생각하고, 그녀에게 물었다.

"어젯밤에 잘 잤더니, 오늘은 컨디션이 괜찮아요."

어젯밤 나는 한숨도 못 자고 벽난로에 나무만 집어넣었던 생각을 했다.

"다행이에요."

여자들의 팽팽한 긴장감을 풀어주려는 듯, 국진이 말했다.

"저 선인장 좀 봐."

여긴 사막이라 선인장이 많았다. 선인장은 꼭 커다란 나무 같았다.

"저 선인장 꽃이 얼마나 아름답다고. 그리고 선인장 꽃에서 딴 꿀이 몸에 좋다나? 그래서 한국 교포들한테 인기가 좋아. 그저 몸에 좋다는 것 밝히는 사람들은 아마 세계에서 한국 사람들이 1등일 거야."

"왜, 민규 부친께선 한국 사람 아냐? 나는 이민 온 교포들이 한국 사람들은 어쩌구 하는 것 제일 싫더라."

"아이구, 미안 미안. 또 실수했네. 잘못했습니다. 교수님, 용서해 주십시오."

그의 익살에 우리는 즐겁게 웃으며 아름다운 바깥 경치에 탄성을 질렀다.

한참을 달리다 보니 쇼핑몰이 보이고, 폴로 제품을 할인한다고 씌어 있었다.

"아빠, 폴로 상품 할인한대요. 나, 스웨터 한 벌 샀으면 해요."

"뭘 여기까지 와서 쇼핑을 한다고 그래. 나중에 사지."

그렇지 않아도 국진이네 가족에게 미안해서 민규에게 뭔가를 선물하고 싶었던 내가 말했다.

"그래, 국진 씨. 쇼핑몰에 잠깐 들렀다 가."

사막 한가운데에 있는 쇼핑몰에 민규의 손을 잡고 들어갔다.

나는 민규에게 마음에 드는 걸 고르라고 했다. 민규는 흰 스웨터 한 점을 골랐다.

나는 흰 스웨터에 어울리는 남방을 골라서 민규에게 권했다.

"민규, 이 남방 어때? 이것도 사자."

민규는 스웨터 한 장이면 됐다면서 사양했다.

내가 민규 스웨터를 계산하고 있는데, 국진이 끼어들었다.

"민주 씨, 옛날에 이 색 좋아했지?"

그가 올리브그린색 스웨터를 카운터에 올려놓았다.

내가 대학 시절, 즐겨 입었던 스웨터와 같은 색이었다.

"그건 왜?"

나는 그의 아내의 표정을 살피며 물었다.

"여긴 밤에 추워."

나는 가을옷만 가져왔기 때문에 사실 밤엔 좀 추웠다. 나는 그의 세심한 배려에 마음이 따뜻해졌다. 그는 올리브그린색 스웨터를 사서 나에게 주었다. 나는 미안해 하면서 그의 아내를 바라보며 그의 선물을 받았다.

그러자 그의 아내가 얼른 회색 스웨터 하나를 골라왔다.

"이건, 선생님 부군 드리세요. 제가 선물하는 거예요."

나는 그녀의 태도에 당황했다.

우리들 사이엔 묘한 긴장감이 돌았다.

"민규 어머니, 이러지 마세요. 그렇잖아도 여러 가지로 미안해 죽겠는데……."

"선생님, 별 말씀을 다 하세요. 저는 선물하면 안되나요?"

그녀의 행동은 남편이 나에게 옛날을 기억하며 올리브그린색 스웨터를 사준 것에 대한 일종의 시위였는지 몰랐다. 나는 그녀에게 미안했다. 그리고 그녀의 마음을 이해할 수 있었다.

'그런 마음이 들지 않으면 여자가 아니지.'

우리 일행은 아무렇지 않은 듯 쇼핑몰을 나와 차에 올랐다.

"어디로 가시나요? 기사 양반."

나는 무거운 분위기를 깨고 그에게 물었다.

"지금부터 인디언이 살았던 곳을 찾아갑니다."


그는 산 쪽으로, 산 쪽으로 달렸다. 그곳의 산은 우리나라의 산과는 많이 달랐다. 그냥 벌거벗은 산이었다. 그곳은 나무 한 그루,

풀 한 포기 나지 않는 그야말로 사막 속의 산이었다.

그가 차를 세우자 우리가 내렸다.

얼핏 봐서는 황토 빛깔의 산속에 새가 살고 있는 듯, 구멍이 뚫려 있었다. 좀 더 가까이 가 보았다. 거기에 팻말이 있었다. 그가 읽어주었다.

옛날 서부 개척시대 때 백인들에게 쫓겨 이 산에 굴을 파고 인디언들이 살았다는 것이었다.

나는 너무나 놀랐다. 저런 곳에 인간이 어떻게 살았는지, 마치 날짐승이 살았던 것처럼 커다란 산에 구멍이 뚫려 있었다.

나는 나도 모르게 눈물이 났다. 그의 가족들이 깜짝 놀랐다.

"민규야, 너는 인디언들을 어떻게 생각하니?"

"별로 생각해 보지 않았어요. 더구나 우리와 같은 인간이라고는 생각해 보지 않았어요."

"인디언들도 우리들과 똑같은 인간이야. 게다가 땅의 원래 주인들이야. 그런 인디언들에게 미국이 이렇게 잔인하게 했을 줄은 몰랐다. 이곳이 어떻게 인간들이 살 수 있는 곳이니……?"

비로소 국진과 그의 아내가 머리를 끄덕였다.

"민규는 작가가 되고 싶다고 했지? 잘 봐 둬라. 미국은 인권의 나라라고 자칭하면서 다른 나라의 인권에 대해서 간섭을 해. 그러나 정작 자기 나라의 인디언들에게 한 짓을 생각하면 너무나 잔인한 사람들이야."

민규는 진지하게 내 말을 듣고 있었다.

우리는 해질 무렵, 그랜드 캐년 가까운 마을에 있는 호텔에 도착했다.

"국진 씨, 부엌이 있고 샤워실이 따로 있는 방을 구하는 게 좋을 것 같아."

"네, 잘 알겠습니다."

그는 하루 종일 운전하느라고 피곤할 텐데도 피곤한 기색 없이 호텔 안으로 들어갔다. 그의 아내도 따라들어갔다.

부부는 한참 있다 나오더니, 밝은 표정으로 말했다.

"여러분, 오늘 하룻밤 잘 곳을 정했으니 짐을 옮깁시다."

그는 민규를 데리고 짐을 옮겼다.

우리들은 그가 잡아준 방으로 들어갔다. 그들 가족은 스위트룸으로 정하고, 나는 그 옆방으로 샤워실과 화장실이 따로 있었다.

나는 그제서야 마음이 놓였다.

'이제 내 마음대로 샤워하고 화장실에도 갈 수 있겠구나.'

그동안 나는 나름대로 긴장을 했던 모양이었다.

그의 아내와 나는 가져간 전기밥솥에 밥을 하고, 그는 또 민규를 데리고 나가 와인과 과일을 한아름 사왔다.

우리는 방금 한 뜨거운 밥에 가져간 김치와 김을 임시로 차린 식탁 위에 늘어놓았다. 그는 와인을 따서 글라스에 따라주었다.

우리는 오랜만에 밥을 대한 듯 환호성을 질렀다. 역시 한국 사람들은 어쩔 수 없었다. 우리는 밥과 와인을 함께 마시며 즐거운 저녁 식사 시간을 가졌다.

"민주 씨, 잘 먹네."

"응, 맛있잖아? 민규 어머니, 김치 솜씨가 최고예요."

"정말이에요, 선생님?"

"그럼요, 국진 씨는 행복한 사람이야. 이렇게 젊고 아리따운 부인에다 음식 솜씨까지 좋잖아……."

"그런가?"

"그럼, 미국 땅에서 하루 세 끼 밥 얻어먹는 남자, 쉽지 않아. 요즈음 한국에서도 밥 얻어먹기 힘든데."

"그럼 내가 장가 잘 들었네."

"그럼 여태 몰랐어?"

"오늘 처음 알았네. 민주 씨 때문에……."

우리들은 화기애애한 분위기 속에서 식사를 끝냈다. 칭찬을 받더니 기분이 좋아진 그의 아내는 과일과 커피를 디저트로 내왔다.

"아이구, 이러다간 뚱뚱보가 되어 한국으로 가겠네. 우리 집 그이가 나 못 알아보면 어떡하지? 민규 어머니, 책임져요."

"못 드셔서 쪽 빠져서 가시면 저희들이 굶긴 줄 아시잖아요? 다행이죠, 뭐."

민규 엄마와 민규는 피곤했던 탓에, 일찍 잠자리에 들었다.

나는 내 방으로 왔다. 그가 따라왔다.

나는 그의 아내에게 신경이 쓰였다.

"왜……?"

그는 따로 문이 있는 곳을 가리키며 말했다.

"이 문은 사용하지 못해. 내가 민주 씨 안전을 위해 바깥으로 열쇠를 잠갔어. 그러니 따로 밖으로 나갈 생각은 마시고 우리 방을 통해서만 밖으로 나가실 수가 있습니다.”

“야, 감옥이 따로 없네.”

“부인, 이곳에선 제 관할구역이니 어쩔 수 없습니다.”

그리곤 그는 스팀온도를 점검하고 인사를 했다.

“잘 자, 내일 보자구.”

“그래, 잘 자.”

대답하는 내 목소리가 잠겼다.

그가 얼마나 신경을 쓰는지를 알 수 있었다.

나는 목이 메었다.

그는 옛날에도 나한테 잘해주었지만, 나를 위해 이번에도 반 년 동안 번 돈을 다 쓰는 것은 아닐까 생각될 정도로 많은 돈을 썼다.

그는 나를 위해 아낌없이 돈을 썼다. 그는 옛날에 나한테 잘해 주고 싶어도 못해준 것까지 한꺼번에 퍼부어 주는 듯했다.

또 어린 자기 아내에게도 무척 친절했다. 나는 그의 애쓰는 모습에 가슴이 아팠다. 나와 그는 가끔씩 지나치면서 눈이 마주쳤다. 그 눈빛엔 많은 이야기가 담겨 있었다.

나는 이제 나이 50이 다 되어서야 그의 눈빛을 느낄 수 있었고 그의 입장, 또한 그의 부인의 입장을 헤아릴 수 있었다.

나는 목욕탕의 뜨거운 물 속에 피곤한 몸을 푹 담갔다.

졸음이 오기 시작했다. 나는 오늘밤 푹 잘 것 같았다.

# 7

# 그랜드 캐년

　우리는 호텔에서 간단한 아침을 먹고 신(神)이 만들었다는 최고의 걸작품인 그랜드 캐년으로 향했다.

　그랜드 캐년으로 가는 길목에 인디언들의 보호 구역이 있었다.

　말이 보호 구역이지, 인디언들을 동물원처럼 사육하는 구역이었다. 인디언들이 백인들이 사는 곳으로 나오지 않고 이 구역 안에 있으면, 미연방 정부에서는 생계 보조비를 지급했다. 인디언들은 이 구역 밖으로 나와서는 인간다운 삶을 살 수가 없었다. 미국인들은 이런 정책으로 서서히 인디언들의 인간적인 날개를 꺾어 가고 있었다.

　이 보호 구역 안에 사는 인디언들은 스스로의 삶을 개척해 나갔던 조상들의 기개를 잊어버리고 미국 정부에서 주는 쥐꼬리만한 생계 보조비로 노름을 하거나 아니면 알코올 중독자가 되어, 서서히 멸망의 길로 가고 있었다.

나는 이곳에서 미국이라는 대제국의 진면목을 보았다.

차는 드디어 그랜드 캐년에 도착했다.

높은 곳에서 바라보는 그랜드 캐년의 거대함에 놀랐고, 자연이 만들어 낸 위대한 조각품에 저절로 감탄이 나왔다. 그 거대한 협곡이나 깊은 골짜기에도 인디언들이 살았던 흔적들이 많았다.

그가 경비행기표를 사서 우리는 하늘에서 그랜드 캐년을 내려다볼 수 있었다. 그야말로 장관이었다. 나는 이 거대한 미국의 땅덩어리를 보면서 점같이 작은 우리나라를 생각했다.

세계 지도를 거꾸로 들고 보면, 대한민국은 점처럼 작은 땅덩어리가 동해에 빠지지 않으려고 대롱대롱 매달려 있는 형태이다. 또, 그 작은 땅덩어리가 남북으로 갈라져 반 토막이 되어 있다.

그러나 놀라운 것은 그런 우리나라가 반만 년이라는 유구한 역사(歷史)와 찬란한 문화가 있고, 또한 우리말이 있다는 사실이다. 나는 너무나 자랑스러웠다. 비록 땅덩어리는 작지만, 수많은 외침(外侵)에도 불구하고 우리말을 사용하는 행복한 민족이다.

남미(南美)를 보라.

그 넓은 땅덩어리와 수많은 지하자원이 있는데도 불구하고 자기 나라의 언어조차 없이 스페인의 속국으로 스페인어를 사용하며, 그 많은 지하자원의 부(富)는 소수의 백인계가 차지하고 있지 않은가?

지금 남미는 미국의 후원(後園)이라고 할 정도로 강대국(특히, 미국)의 영향을 받고 있는 실정이다.

우리는 그랜드 캐년에 있는 전시관으로 갔다. 흙으로 지은 집으로 달팽이집처럼 뺑뺑 돌아가며 올라가는 집이었다. 인디언들의 흔적과 그들이 만들었다는 조잡한 물건들을 파는 집이었다.

그곳엔 예전에 은광이 있었다. 지금은 폐광이지만, 아무튼 은으로 만든 수제품이 많았다. 나는 인디언 추장을 상징하는 방패 문양의 은팔찌와 반지를 사서 그의 아내에게 선물했다. 그의 아내는 소녀처럼 기뻐했다.

나는 그 순간, 천진한 그녀의 모습을 보면서 그녀의 젊음이 무척 신선하고 부러웠다.

그는 나의 그런 모습을 무심한 척 보고 있었다. 그는 나를 향해 열심히 카메라 셔터를 눌렀다.

나는 일부러 그의 아내의 팔짱을 꼈다.

"오늘 저녁은 중국집이 어때?"

나는 갑자기 탕수육과 자장면이 먹고 싶었다.

"좋아."

"우리는 괜찮은데, 강 선생이 괜찮을까?"

그는 조금 염려하는 표정이었다.

"중국요리도 한번 드시게 하는 것도 괜찮을 것 같아요."

그의 아내가 말했다.

우리들은 중국집으로 들어갔다. 중국집은 우리나라와 비슷했지만, 홀이 넓고 무척 썰렁했다. 그가 몇 가지를 주문했다. 그리고 나에게 뭘 먹겠느냐고 물었다.

나는 서슴없이 말했다.

"탕수육과 자장면이 먹고 싶어."

갑자기 그와 그의 아내가 웃어댔다.

나는 어리둥절했다.

"여긴 중국집이지만 한국의 중국 요리와는 달라. 여긴 탕수육과 자장면은 없어."

나는 왠지 실망스러웠다.

"그 대신 소고기로 만든 요리와 야채를 시킬게. 괜찮겠지?"

나는 고개를 끄덕였다. 요리가 나왔으나, 그의 말대로 미국의 중국 요리는 우리가 먹던 중국 요리가 아니었다. 요리는 미국식 중국 요리였다. 그의 가족들은 잘 먹었으나 나는 별로 먹지 못했다. 그는 내가 먹지 못하는 것을 보고 말했다.

"내 이럴 줄 알았어. 어떻게 입맛은 예전 그대로야? 아주 지독한 토종이야."

나는 웃었다.

식후, 디저트로 과자 같은 것이 나왔다.

"이게 뭐예요?"

"한번 잘라 보세요."

그의 아내가 나에게 권했다. 나는 밀가루로 구워 만든 작은 과자를 잘랐다. 그랬더니 그 속에서 돌돌 말은 종이쪽지가 나왔다. 언젠가 미국 영화에서 보았던 것 같다.

나는 영어로 쓰여 있는 종이쪽지를 그에게 주었다. 쪽지를 읽던 그가 웃었다.

"뭐라고 써 있는데?"

"'달밤에 연인을 만나다.' 이렇게 써 있는데……?"

"와, 괜찮네. 기대되네. 민규 엄마꺼 한번 봐요."

"제 껀요. 아, '멀리서 온 귀인을 만난다.' 정말 맞는 것 같아요. 귀인이라면 강 선생님 아닐까요?"

"그럼 어디 내 껄 볼까? '온 집안에 웃음소리가 가득하다.'"

"민규야, 너는 뭐라고 써 있니?"

나는 재미있어서 민규를 독촉했다.

"'주머니에 금화가 가득하다.' 거짓말이잖아. 내 주머니에 무슨 금화가 가득해?"

나는 얼른 1달러짜리 10장을 민규의 주머니에 넣었다.

"민규야, 주머니에 손 넣어 봐."

"어! 에이 선생님이 넣으시곤……."

우리는 모두 유쾌하게 웃었다.

중국집의 아이디어가 재미있었다. 덕담만 적어 과자 속에 넣어서 재미있게 하는 그들의 여유가 부러웠다.


아리조나 주와 콜로라도 주의 경계가 되는 '킹 맨'이라는 마을은 옛날 인디언들의 마을이라고 했다. '킹 맨'이면 인디언 추장을 말하는 것이 아닌가 하고 나 혼자 생각했다.

나는 이 작은 마을이 무척 마음에 들었다. 마치, 우리나라의 작은 시골 마을에 온 것처럼 마음이 편안했다.

내 방에서 샤워를 하고 나오니, 달이 휘영청 밝은 보름달이었다. 서울의 달하곤 다르게 달이 무척 크고 밝았다.

나는 나도 모르게 콧노래가 나왔다.

"콜로라도의 달 밝은 밤은……."

노래에도 있듯이 콜로라도의 달은 정말 밝았다.

나는 테라스 나무 계단에 앉아 달을 쳐다보고 있었다.

"피곤하지 않아?"

그도 같이 곁에 앉았다.

"저 달 좀 봐. 저렇게 밝은 달은 처음이야."

"공해가 없어서 크고 가깝게 느껴질 거야. 야, 정말 밝구나."

나는 중국집의 글귀를 생각하고 웃음이 나왔다.

"왜?"

그가 물었다.

"응, 아까 중국집에서……."

"아, 참. 달밤에 연인을 만난다고 했는데, 안됐네. 연인이 없어서……."

그렇게 말하면서 그는 내 얼굴을 정감 있는 눈빛으로 바라보고 있었다.

"어머, 여기들 앉아 계셨어요?"

"어서 와요. 달을 보고 있었어요."

"정말 달이 밝네요. 여보, 우리 달 밝은 밤에, 저기 술집이 있는데 거기서 한잔 하면 어때요?"

"좋지. 민규도 나오라고 해."

우리 넷은 서부의 작은 마을의 작은 술집으로 들어갔다. 우리들은 커다란 맥주잔을 앞에 놓고 술집의 창으로 들어오는 달빛에 취했다. 나는 내 앞에 앉아 행복해 하는 국진이 내외를 바라보며 조금은 쓸쓸해졌다.

우리는 적당히 취한 채 술집을 나와 각자의 방으로 돌아왔다. 몸은 무척 피곤했지만 달빛 때문에 잠이 오질 않았다.

나는 그가 사준 스웨터를 걸치고 테라스에 나와 앉았다. 달빛이 이가 시리도록 차게 보였다.

달을 쳐다보며 나는 외로운 방황자였다.

# 8

# 칼 렉시코

아름다운 마을 '킹 맨'을 뒤로하고, 우리는 '칼 렉시코'로 들어 간다고 그가 말했다. 또한 '칼 렉시코'에 가서 멕시코로 들어갈 계획이라고 그가 말했다. '칼 렉시코'엔 국진의 친한 친구가 살고 있었다.

"연락을 해 놓았어. 강 교수와 멕시코에 간다고……."

우리는 저녁 무렵에 '칼 렉시코'에 도착했다. 그는 운전을 너무 오래했다.

"피곤하지?"

"아니 별로. 미국 땅에서 이 정도 운전도 안하고 어떻게 살아? 그리고 민규가 있잖아. 힘들면 민규와 교대하면 되지."

"그래, 힘들면 민규와 교대하면 되겠구나."

나는 비로소 안심했다.

그의 친구가 하고 있다는 가게로 갔다. 한국 교포들은 어디를 가나 장사들을 잘 하고 있었다. 상재에 능한 것일까? 어쩌면 이 미국 땅에서 먹고 사는 방법이 장사밖에 없는지 모르겠다.

한국의 재래식 시장 같은 곳이었다. 거의 모두가 옷가게들이었는데, 한국의 남대문이나 동대문에서 사 갖고 온 옷들이었다. 한국 옷이 교포들은 물론, 특히 멕시코인들한테 인기가 좋다고 했다. 그 친구와 함께 멕시코 국경까지 갔다.


멕시코인들이 이 국경을 통과해서 아침에 '칼 렉시코'로 출근하고 저녁에 퇴근했다. 그들은 국경 수비대에게 패스포트 같은 걸 보여주며 지나갔다.

그의 친구가 말했다.

"오늘 저녁은 여기서 즐겁게 지내시고 내일 멕시코로 함께 가세요. 제가 다 손을 써 놓았습니다."

그는 '칼 렉시코'에서 제일 큰 식당으로 우리를 안내했다.

"조금 있으면 반가운 사람을 만날 겁니다."

"반가운 사람, 누군데?"

그가 무척 궁금한 표정으로 물었다.

조금 있으니 그 친구가 손을 번쩍 들었다. 그 친구의 부인과 함께 들어오는 키가 큰 여인은 정희였다. 정희는 나와 같은 대학교, 과후배였다. 정희는 반가워서 어쩔 줄을 몰라 하며 나에게 뛰어들어 안겼다.

"강 선배, 정말 오래간만이에요. 여긴 웬일이세요? 어쩌면 이곳에서 선배를 만나다니……"

우리는 반가워서 어쩔 줄 몰랐다. 나는 얼른 그에게 정희를 소개했다.

"얘, 몰라? 우리 과 2년 후배. 왜 우리를 쫄랑쫄랑 많이 따라다녔잖아?"

"아, 그래. 생각난다. 키 큰 말괄량이 아가씨?"

정희는 국진을 한참 바라보더니 말을 이었다.

"맞아. 어머나, 선배님! 정말 몰라보겠어요. 선배, 그런데 어떻게 미국에서 국진 선배를 만났어요? 정말 옛날 생각난다."

나는 그 애의 입에서 무슨 말이 튀어 나올까 봐 얼른 그의 아내를 소개했다. 정희는 씩씩하게 그의 아내와 악수하며 인사했다.

"어머나, 미인이시네. 국진 선배는 좋겠다. 이렇게 젊은 부인과 결혼하시다니, 함께 다니시면 따님과 다니는 것 같겠다."

정희는 거침없이 말했다.

처음엔 미소를 짓고 있던 그의 아내의 표정이 갑자기 새초롬해지는 것을 느꼈다. 나는 긴장했다.

정희는 우리를 만난 것이 너무 의외였고, 몇 십 년의 세월을 건너뛰어 더더구나 타국에서 옛날 대학 선배들을 만났으니, 다른 사람의 입장은 생각하지 못하는 것 같았다.

우리는 술과 함께 저녁을 먹었다. 주로 정희가 말했는데, 국진도 생각하지도 못했던 대학 후배를 이곳에서 만나 반가웠던지, 두 사람은 옛날로 돌아가 있었다.

나는 그의 아내에게 신경이 쓰였다.

"국진 선배, 생각나요? 강 선배 강의 시간에 맞추어 나하고 국진 선배가 움직인 것. 나도 그땐 우리 반 강의는 듣지 않고 건방지게 강 선배 강의 시간 맨 뒷자리에 국진 선배랑 앉아서 수업이 끝날 때까지 기다렸다가, 명동까지 걸어서 시공관 앞에 있는 한일관에서 떡만두국을 얻어먹던 일. 정말 그때 한일관의 떡만두국 맛은 지금도 잊을 수가 없어. 배고픈 시절이라 더 맛있었던가 봐."

그녀의 옛날 이야기는 끝이 없었다.

나는 그의 아내 얼굴을 살폈다. 그의 아내는 이제 노골적으로 불쾌한 표정을 짓고 있었다. 나는 조마조마했으나, 정희와 그는 여전히 대학 시절로 돌아가 있었다.

우리는 적당히 취했다. 그의 친구는 자기 집에서 자고 내일 아침 멕시코로 떠나자고 했다. 그러나 정희는 자기 집에서 자고 가야 된다며 야단이었다.

그의 아내는 국진을 밖으로 불러내었다.

국진이 돌아오더니, 조심스럽게 얘기를 꺼냈다.

"와이프가 컨디션이 안 좋아서 오늘 밤 떠나자고 하네. 강 교수, 멕시코는 피닉스에 가서 민규랑 둘이서 비행기로 여행하지."

나는 그녀의 표정에서 아슬아슬하게 느꼈던 긴장감이 드디어 폭발을 했구나 하는 생각을 했다.

그의 친구와 정희는 펄쩍 뛰었다.

"이런 법이 어딨어? 이 밤에 피닉스로 돌아가다니, 더더구나 몇 십 년 만에 만나서 이렇게 헤어질 수는 없어요."

무척 곤혹스러워하는 그 대신 내가 말했다.

"정희야, 정말 반가웠다. 내가 미국에 가끔 오니까 다음에 다시

만나자. 국진 씨 부인의 몸이 몹시 좋지 않으신가 봐. 오늘은 이렇
게 헤어지고 다음에 또 만나."

"강 선배, 꼭 다시 만나."

"그래. 한국에 돌아가서 전화할게. 정말 반가웠어."

"정희 씨, 반가웠어. 그리고 미안해."

"몰라요, 국진 선배 때문에 이게 뭐야?"

"그래, 미안해. 또 만나."

정희는 나를 끌어안고 놓아주지 않았다.

나는 간신히 정희를 떼어놓고 차에 올랐다. 운전대에 민규가 앉
아 있었다.

뒷자리에 국진과 그의 아내가 앉아 있었다. 두 사람의 분위기가
묘하게 긴장되어 있는 것이 싸운 눈치였다.

그동안 그의 아내는 참고 참았던 인내심의 한계를 정희를 통해
폭발했다. 우리들(그와 그의 아내와 그리고 나)의 묘한 감정의 무
게를 더 이상 버틸 수가 없었을 것이다.

그녀는 정말 애썼다. 그도 최선을 다했다.

젊은 아내와 나 사이에 흐르는 긴장감을 애써 유머로 풀어주는
등, 그의 노력은 눈물겨웠다.


피닉스 공항의 뉴저지 행 탑승구 앞에서 그의 눈은 젖어 있었
다. 그는 자신의 감정을 감추기 위해 얼른 나를 포옹했다. 그리고
낮은 목소리로 말했다.

"잘 가, 행복해."

나는 그에게 하고 싶은 말이 많았다. 이제 헤어지면 언제 또 만날 수 있을지, 어쩌면 앞으로 영원히 만날 수 없을지 모르겠다.

나는 말없이 그의 눈을 쳐다보았다. 눈시울이 뜨거워졌다. 순간, 나는 그를 밀쳐내고 그의 아내를 포옹했다.

"민규 어머니, 정말 고마웠어요. 잊지 않겠어요."

"선생님, 안녕히 가세요."

그녀의 등이 파르르 떨리는 걸 느꼈다. 얼마나 애썼을까? 남편의 옛날 여자 친구에게 근사한 부인으로 의젓하게 보이려고 필사적인 노력을 했다는 걸 나는 알았다.

나는 그에게 눈물을 보이지 않으려고 뒤돌아보지 않고 곧장 비행기 안으로 들어갔다

뉴저지 행 비행기가 이륙한다는 기내방송과 함께 내 눈앞이 흐려졌다. 나는 얼른 선글라스를 꺼내 썼다. 몇 십 년 만에 만난 옛 친구와 그의 아내 사이에서 그동안 가슴 속에 꼭꼭 눌러 놓았던 여러 형태의 감정들이 쏟아져 눈물이 되어 흐르고 있었다.

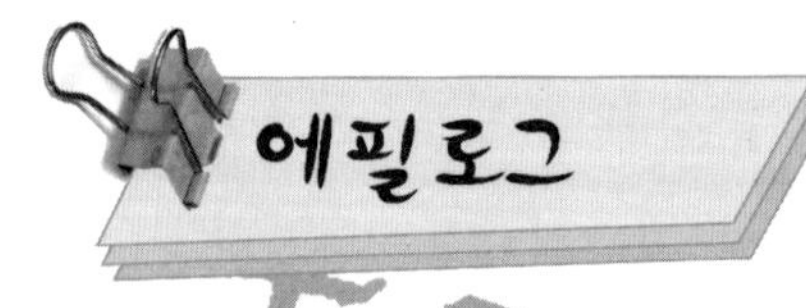


강렬한 색채의 〈콜롬비아 아리랑〉과 대비되는 중편소설 〈아리조나의 추억〉을 함께 묶기로 했다.

색깔이 전혀 다른 두 작품이 오히려 서로를 도와주는 역할을 하기를 기대하면서…….

사람들은 꿈을 꾸면서 현실을 살아간다.

여기 현실인 아내와 꿈인 옛날 여자 친구를 함께 데리고 여행을 시켜보기로 했다. 그리고 그들을 뒤따라가보았다.

그들은 어떻게 서로 융화하며, 갈등하며, 또한 어떻게 화해를 하는지, 한 남자를 가운데 두고 두 여자의 잔잔하면서도 팽팽한 긴장감을 그렸다.

화로의 불씨처럼 꼭꼭 눌러 놓았던 그리움이 조금씩 피어나는 안타까운 사랑이야기를, 수채화를 그리듯 그려보았다.